À Alice…

« Je ne crois pas à la valeur des existences séparées.
Aucun de nous n'est complet en lui seul. »
Virginia Woolf, *Les Vagues*

LA NUIT EST VITE VENUE. J'ai allumé le feu, et lui, dont j'ignore tout, s'est endormi comme une masse. Quelques mèches brunes collent à son front. La fièvre le mord et secoue son corps par petites saccades. J'ai peur pour lui. J'attise le feu et remets une bûche dans l'âtre pour qu'il ait moins froid. Le châtaignier, quand ça brûle, ça craque fort ; il ne faudrait pas que ça le réveille. Je surveille. Il bouge un peu et remonte la couverture sur sa tête. Il n'est plus qu'un tas informe, couché là, sur ce lit de fortune, à même le sol. Je crains que l'infection ne gagne complètement sa jambe. Fracture ouverte du tibia. Ce n'est pas beau à voir, j'ai même cru que j'allais tourner de l'œil. J'ai nettoyé ses plaies comme j'ai pu, avec les moyens du bord : une vieille bouteille d'eau-de-vie, une serviette-éponge, des bouts de bois pour maintenir sa jambe droite et ma chemise déchirée en lambeaux en guise de bandage.

Je ne sais pas comment j'ai fait. Je me souviens que ma tête était vide. Je n'étais que spectateur de la scène qui se jouait là, sous mes yeux. Mes mains agissaient toutes seules, comme celles d'un automate. J'avais l'impression que ce n'était pas moi qui épongeais le sang. Pas moi qui soignais. Ce n'était pas ma voix qui rassurait, qui consolait. Et sur son visage, déformé par une douleur constante et aiguë, se superposait celui de Tom. Ensuite, je lui ai donné deux comprimés de paracétamol qu'il a pris avec une bonne rasade d'alcool. Je ne sais pas si le mélange est judicieux. En tout cas, maintenant, il dort. Il dort comme un enfant. Comme dormait Tom, mon Tom. Mon fils.

Je ne sais rien de lui, pas même son prénom. Quand je l'ai trouvé en contrebas du rocher, il était à moitié dans les vapes. Au début, j'ai pensé à une bête blessée, un lièvre pris dans un collet. Puis j'ai compris. J'ai hurlé. Le gosse, lui, poussait de petits gémissements à peine perceptibles. Il gisait sur le ventre. La neige avait partiellement recouvert son corps. Sa main, bleuie par le froid, continuait de serrer une branche morte. Je n'ai pas vu son visage tout de suite. En m'approchant, je n'ai vu que le sang, sa jambe, son pied gauche nu. Il avait dû perdre sa chaussure dans la chute. Je n'ai pas réfléchi, je l'ai mis sur mon dos et je suis remonté vers le chalet. Dans ma tête, ça allait vite. Des pensées fulgurantes. Mon cœur donnait des coups forts dans ma poitrine et l'air avait du mal à remplir mes poumons. *Il vit,* je pensais, *il vit, rien n'est perdu.*

Et j'ai continué d'avancer. Par endroits, mes pieds s'enfonçaient dans la poudreuse qui recouvrait la caillasse, les trous, le sentier. Il fallait être vigilant, anticiper chaque pas, parce que j'aurais eu vite fait de glisser ou de me tordre une cheville, *a minima.* Et avec lui sur mon dos, ce n'était pas le moment. Je pensais aux bêtes et à l'odeur du sang qu'elles peuvent renifler à des centaines de mètres. L'hiver, on les pense planquées à cause du froid. Mais elles rôdent, faméliques. Le danger est permanent. J'avais mon fusil. Un coup aurait suffi à les faire fuir. Il faut être totalement fou ou désœuvré pour venir se perdre ici en plein hiver. Pauvre gosse, pris au piège de cette montagne brutale et sauvage. Si je n'étais pas passé par là, il serait mort de froid. Peut-être même que les loups l'auraient en partie dévoré.

On n'imagine pas ces choses-là, on n'y pense pas, parce que la beauté de la nature nous cache sa rudesse en étalant ses verts sur les plaines jusqu'aux forêts. Nos yeux se plaisent à suivre les crêtes qui séparent les cols jusqu'aux sommets enneigés. Ça donnerait presque le vertige. C'est vrai qu'elle hypnotise, cette nature, avec ses lacs grandioses sur lesquels ondulent les quatre ciels. Ici, chaque saison a son ciel. Mais il ne faut pas se fier à toute cette beauté. Son immensité écrase. Elle rend petit et vulnérable. Dans ces silences grouillants de vie, quelque part, tapie, la mort guette et peut vous surprendre à tout moment. Il n'y a que ceux qui connaissent cette montagne pour oser s'y aventurer en plein hiver. Mais ce gosse, franchement, il n'avait rien à faire ici.

Ses parents doivent le chercher partout à l'heure qu'il est. Et là encore, quelque chose me déchire les entrailles. Il y a comme une détonation dans ma tête.

Mon Tom. Moi aussi, je l'ai cherché. Avec sa mère, Nina, on n'a fait que ça des jours entiers. Des nuits blanches à marcher dans les grandes prairies, à fouler les graminées, à fouiller la terre, les bosquets, les forêts. Des jours et des nuits à arpenter les rues, sillonner les routes. Des semaines, des mois. Avec toujours ce même espoir de trouver quelque chose. Un indice, un signe. Tom.

Nina voulait entrer chez tout le monde. Retourner chaque maison. À ses yeux, ils étaient tous coupables. Coupables de se taire.

Coupables de n'avoir rien vu, rien entendu, elle disait. Coupables d'afficher ces mêmes rictus exprimant surprise ou désolation. Nous rentrions toujours bredouilles de témoignages qui auraient pu faire avancer l'enquête. Parfois, elle pleurait si fort, tellement, que je pleurais avec elle. Nous étions ensevelis sous des tonnes de désespoir. Le chagrin, à ce point, on ne l'imagine pas. On ne peut pas.

On ne comptait plus le nombre de battues ; les premières avec les amis et des connaissances, puis avec la police. Rien. Ça ne donnait rien. Pas plus que le nombre d'affiches placardées sur les murs des villages avoisinants et dans les villes. Partout. Dans les commissariats, le visage de notre fils perdu au milieu de tant d'autres. Mais avec le temps, faute de résultats, les gens se lassent, puis finissent par oublier. Les affiches se décollent, se déchirent, et par-dessus, d'autres viennent coller les visages de nouveaux disparus. L'impuissance continue de nourrir ma colère ; cette impuissance et cette foutue culpabilité, voilà ce qui me ronge.

Les premiers mois au chalet, j'ai cru que j'allais devenir fou. Je marchais des heures et des heures, jusqu'au délire, jusqu'à l'épuisement. La nuit, pour calmer le raffut dans ma tête, je me levais et j'allais fendre des bûches, juste pour me crever et dormir un peu. Le jour, je travaillais avec Paul, on coupait des arbres pour la scierie, des journées de dix heures à coups de hache et de tronçonneuse. Paul, il savait, il comprenait. Il me regardait du coin de l'œil, mais ne disait rien. Il m'arrivait aussi, à bout de forces, de m'endormir en mangeant. Je me réveillais la gueule dans l'assiette de soupe. Ça me rendait fou d'en être là. Alors, je hurlais comme un loup pour faire sortir ce poison. Tellement que ma voix s'est cassée. Je suis devenu un autre. Je ne crains plus ni le froid, ni le silence, ni la solitude. C'est venu comme ça, sans que je m'en rende compte. Et j'ai laissé faire.

Alors, ce gosse qui se met en travers de mon chemin, avec sa jambe abîmée, ça n'arrange rien, au contraire. Ça fait tout remonter en gros bouillon écumeux. Ça ramène à la surface tout ce qui était caché, endormi.

J'épluche quelques légumes que je jette dans l'eau bouillante d'une marmite qui attend sur le poêle. Il n'a rien dû manger depuis un moment. Il me reste un bout de pain et du fromage. J'attendrai qu'il demande. En se réveillant, c'est sûr, il demandera. Les jeunes ont toujours faim, c'est signe de vie.

Je compte les heures, une à une. Elles ont cette drôle de lenteur, la nuit. Je voudrais qu'elles filent plus vite. Je continue de le veiller et d'entretenir le feu. Il ne neige plus, mais ça ne veut rien dire, ça peut se mettre à tomber plus tard. Ici, on s'adapte. Le froid, la neige ou la pluie. Le vent aussi. On ne décide de rien. C'est elle qui décide. La nature. Je ne peux même pas profiter de cette accalmie pour demander à Paul d'appeler les secours. Pourtant, il n'est qu'à une heure de marche d'ici. Mais avec cette purée de pois, on n'y voit pas à trente pieds, ça me ferait prendre trop de risques. Et puis, laisser le gosse tout seul, ce n'est pas une bonne idée. Il suffirait qu'il se réveille et qu'il ait besoin de moi… Qu'il appelle et que je ne sois pas là. Non. Demain. J'irai au lever du jour, quand il sera sorti de son sommeil. En attendant, ici, il est au chaud, en sécurité.

Dans ma tête, les souvenirs coulent en cascade. Et Nina est au cœur de mes pensées. Est-ce qu'elle dort à cette heure de la nuit ? Je l'imagine dans notre maison, allongée sur le lit de Tom. Elle le faisait si souvent. Comme par superstition. Elle disait que ça le ferait revenir. C'est tout, après elle ne me parlait plus. Je n'existais plus. Elle déambulait d'une pièce à l'autre, sans un mot, les yeux gonflés de fatigue, les traits tirés, le visage creusé. Un voile sombre avait recouvert nos vies. Même sa peau virait au gris. Elle ne mangeait plus, ne dormait plus. J'avais beau essayer de la raccrocher à la vie, je sentais bien que je la perdais.

Dans ses silences, je percevais les reproches. Elle avait raison de m'en vouloir à ce point. Au point que ça lui donnait la nausée que je sois encore là. Je la comprenais ; le pauvre type qui se reflétait dans ses yeux délavés ne m'inspirait que du dégoût à moi aussi. Du dégoût et de la honte.

C'est pour ça que je suis parti. Pour qu'elle puisse continuer de vivre. Parce qu'en réalité, celui qui avait invité l'horreur dans notre foyer, c'était moi. J'étais coupable. Et je lui devais de quitter les lieux au plus vite. De disparaître de sa vue. Ma présence, sans qu'elle ne le dise avec des mots, lui devenait insupportable et ne faisait qu'accroître sa douleur.

Nina pensait que si Tom n'était pas rentré du collège ce soir-là, c'était entièrement ma faute. À cause de ma dispute avec lui. C'était vrai, j'avais du mal à le comprendre depuis quelque temps. « C'est l'âge ingrat », disait Nina, toujours à l'excuser. Moi, j'en avais marre de le voir tirer la gueule à longueur de journée. De mal parler à sa mère, de ne rien faire à l'école, d'accumuler les conneries sans penser aux conséquences. Rien ne lui allait. Il nous tenait pour responsables de tout. Ce matin-là, j'ai perdu patience. J'ai crié fort, mes mots étaient durs. Nina a bien cru qu'on allait en venir aux mains. Je ne l'ai pas touché. Jamais. Tom est parti en claquant la porte. Et c'est tout.

J'aurais voulu revenir en arrière, mais c'était trop tard. On ne peut pas refaire l'histoire. Alors, comme les recherches ne donnaient rien et que vivre ensemble devenait de plus en plus difficile, je lui ai annoncé que je partais habiter là-haut, au chalet. Elle s'est appuyée contre le mur, elle n'a rien dit, elle a juste croisé les bras, comme pour se protéger de quelque chose. De moi, peut-être. Je lui ai dit que c'était mieux comme ça. Qu'ici, il y avait nos amis et Sofia, sa sœur, qui veilleraient sur elle mieux que moi. Parce que moi, je n'étais plus bon à rien. Je lui ai dit que j'avais prévenu Paul, qui vit là-haut toute l'année ; son chalet n'est qu'à une heure de marche en amont du nôtre. Qu'elle pourrait l'appeler s'il fallait que je redescende. Qu'il me préviendrait. Que je viendrais.

J'avais l'air idiot. Je voulais lui demander pardon d'être si gauche, si empêtré, lui dire aussi que je ne l'abandonnais pas, non, que ce n'était pas mon intention. Lui dire que je continuerais de chercher. Sans relâche. Que je ne baissais pas les bras. Que ça ne pouvait pas se terminer comme ça ; nous deux, sans Tom. Bon sang, même ça, je n'ai pas été capable de l'articuler. Ça faisait un nœud dans ma gorge, c'est pour cette raison que les mots ne venaient pas. Elle, elle restait immobile, les bras croisés, le regard dans le vide. On s'est quittés comme ça. Sans un mot de plus.

Notre Tom a eu dix-neuf ans le mois dernier. Je dis qu'il a eu, parce que jusqu'à preuve du contraire, il n'est pas mort. Pas de corps, pas mort, mon Tom. Peut-être qu'un vieux fou comme moi l'aura trouvé blessé et lui aura porté secours. Je dis vieux, parce que c'est comme ça que je me sens. Le malheur à ce point, ça ronge tellement qu'à quarante ans passés, on en paraît vingt de plus. J'ai de la force encore, ça me sauve, mais mon cœur a cent ans, et ma gueule me le rappelle chaque fois que je croise mon reflet. Quant à lui, mon fils, je me demande à quoi il ressemble aujourd'hui. Dix-neuf ans, il doit être beau, grand et vaillant comme je l'étais à son âge. Sûrement qu'il vit quelque part, de l'autre côté de la vallée ou sur un autre versant de la montagne. Ou dans une ville plus ou moins grande. Qui sait ? Je continue de penser : pas de corps, pas de mort, tout est encore possible. Croire, au fond, c'est tout ce qu'il me reste. Et je m'accroche à ça pour pouvoir me lever chaque matin.

Le vent s'est levé. Les bourrasques giflent les portes de la remise. Ça risque de réveiller le gosse. Dans l'âtre, les grosses braises rouges réclament une nouvelle bûche à lécher. Je me fais chauffer un peu de café, pour ne pas risquer de m'endormir.

Je me rapproche du corps assoupi, me penche doucement pour l'entendre respirer. Son souffle est lent, tranquille. La sueur qui mouillait son front a disparu. C'est bon signe. Je n'ose pas le toucher. Le feu, en diffusant sa lumière orange, fait danser les ombres sur les murs de la pièce, ça me distrait un peu.

Je le regarde encore et me demande ce qu'il faisait là, habillé comme un gosse de la ville. Dans son blouson, je n'ai rien trouvé qui pourrait le raconter. Rien, ses poches étaient vides. De toute façon, ça changerait quoi ? Ce gosse, ce n'est pas le mien, et on ne peut rien contre ça. Alors, demain, il sera parti. D'autres prendront soin de lui. Il guérira, puis retrouvera les siens. Peut-être que son accident lui servira de leçon, et qu'il se fera une autre idée de cet endroit. Et qu'à l'avenir, il usera de prudence. Ou alors, il oubliera. Et c'est aussi bien comme ça.

Au fond, ce que j'ai fait n'a rien d'extraordinaire, n'importe qui d'autre l'aurait fait à ma place. Ce gosse, il a eu de la chance, c'est tout. Demain, j'aurai rangé ce lit de fortune, et il ne restera rien de lui. Comme si tout ça n'avait jamais existé.

Deux jours viennent de s'écouler. Deux nuits sans sommeil. Je dois faire avec ce nouveau matin qui s'annonce sec et froid.

Devant et autour de moi, tout dort encore. Le soleil pointe doucement avec cette lumière qui blanchit l'horizon. Les étoiles s'éteignent, il reste encore un peu de lune. Bientôt, le vent du nord aura chassé le banc de brouillard et la brume qui cachent encore la plaine. Il se faufile entre les troncs rugueux des résineux centenaires et remonte en sifflant jusqu'à leur cime qu'il fait danser. En passant, il secoue leurs branches, et un peu de neige s'en détache. Elle tombe en petits paquets. Mon cœur n'est plus disposé à s'émerveiller devant pareil spectacle ; ma raison divague et fantasme le visage de mon fils sur les reliefs escarpés des versants. Cette hallucination réveille la fureur dans mon ventre, je la sens se diffuser dans mes veines et ça me fait grincer des dents. Heureusement, là-haut, il y a le cri des oiseaux qui lézarde l'instant.

Je passe ma main sur mon visage, m'arrête sur ma barbe, la caresse un moment. Nina m'aimerait-elle barbu ?

Dans le lointain, j'entends le vrombissement de la motoneige de Paul qui vient me chercher pour aller bûcheronner. Ça me ramène à la surface du monde.

Paul me demande si ça va. Je réponds « Oui, ça va », même si je sais qu'il sait que je mens. J'attrape le casque qu'il me tend, l'attache et grimpe derrière lui. Sa motoneige glisse avec une aisance qui me surprend chaque fois. Il semble que rien ne lui soit inaccessible, et je m'accroche quand on trace sur les sentiers escarpés et tortueux qui contournent les flancs abrupts de la montagne. Puis, lorsqu'on arrive sur le plat et que la piste se fait plus large, Paul accélère et pousse de petits cris de joie. Ça me touche, et je souris malgré moi. Lui, c'est sûr, il a le gène du bonheur. Et ce bonheur-là serait presque contagieux, sauf que là, je suis fermé comme une huître.

Pour protéger mon visage des gifles du vent, je tourne la tête en sens inverse de la marche et je regarde la montagne qui s'éloigne. Ça me fait un drôle d'effet, cette image à la fois mouvante et pourtant immobile. Paul essaie de me parler, je capte quelques bribes : « parcelle », « débardage », mais je ne saisis pas le sens des phrases à cause du bruit de la motoneige.

— Je n'entends rien ! je lui crie.

Il lève la main avec son pouce en l'air pour me faire comprendre que ce n'est pas grave, qu'il a compris ; en tout cas, c'est ce que j'imagine. Pour éviter de penser, je m'efforce d'être attentif à la nature qui m'entoure. Je voudrais m'y fondre tout entier. Mais depuis quelques jours, une chose me retient et m'aspire de l'intérieur, comme si une tornade sévissait au fond de moi. Quelque chose qui ne se voit pas, une force qui m'entraîne en arrière et me ramène inexorablement à Tom, toujours à Tom et à Nina.

*

À l'époque, je bossais à la scierie. Le vendredi soir, avec quelques collègues, on se retrouvait dans cette même gargote qui fait aussi hôtel et restaurant le week-end. On discutait de tout et de rien. On tapait le carton et on alternait avec des parties de fléchettes tout en vidant des pintes de bière. Ce boui-boui – il n'y a pas d'autre mot pour le définir – se trouvait sur la place, juste en face de l'école primaire où Nina travaillait et vivait. Elle était institutrice et occupait un petit logement dans le même bâtiment de l'école. Il lui arrivait de temps en temps de venir boire un verre avec une amie. Je l'avais déjà remarquée parce qu'elle dégageait quelque chose de différent, un truc que les autres filles n'avaient pas. Un de ces vendredis soir, le hasard a fait que l'on s'est retrouvés assis l'un à côté de l'autre. Alors on a fait connaissance, on a parlé, et on ne s'est plus quittés.

Tom est arrivé très vite. Du coup, on a dû déménager. On a trouvé une petite maison à deux rues de l'école. Mon père m'avait donné un peu d'argent et, avec nos économies, Nina et moi avons pu l'acheter et la rendre confortable. Pendant les vacances d'hiver et d'été, nous montions au chalet où mon père vivait encore.

Il s'était vraiment adouci avec l'arrivée de Tom, ce n'était plus l'espèce de brute qui m'avait élevé, et ça me faisait une émotion pas possible de voir mon petit bonhomme sur ses genoux. Il s'autorisait enfin cette tendresse qu'il n'avait pas su me donner. Comme quoi rien n'est immuable. Rien ni personne.

Ça va faire quatre ans que je n'ai pas vu Nina. Je l'ai eue au téléphone quelques fois, à mon arrivée ici. Je n'ai pas de téléphone, ni fixe ni portable, alors elle appelait chez Paul et Katy. On ne se disait pas grand-chose, on avait peur, je crois. Puis elle n'a plus appelé et je n'ai pas pris le relais. C'est idiot, je sais, c'est lâche aussi. Même si aujourd'hui, j'ai l'intime conviction que tout ça n'aurait servi à rien. Je veux dire que ça n'aurait pas résolu le problème. Et là encore, j'ai laissé faire, avec au fond de moi la certitude que je ne redescendrai plus. Je ne pourrai plus, sauf si…

Quatre ans, ce n'est pas rien. Parfois je me demande si elle m'aime encore, ou si le chagrin et la colère ont totalement dissous son amour. Ces questions-là, je ne me les posais plus avant. Je crois. J'y pensais peut-être, mais je ne m'y arrêtais pas. Bon sang, il a fallu que je trouve ce gosse pour que tout ça me revienne de plein fouet. Et toujours cette question qui me taraude : il faisait quoi, ce gamin, dans cette montagne, en plein hiver ?

*

Quand il a émergé, au petit matin, je lui ai donné un peu de bouillon et je suis parti chez Paul comme prévu. À ce moment-là, il n'était pas bien vaillant, mais j'ai pu voir ses yeux, des yeux clairs, bleus comme le ciel en été, et sa petite figure avait repris un peu de couleurs. Il a bu le bouillon doucement. Je lui ai dit :

— Je vais prévenir les secours, toi, tu te reposes ; je suis là dans moins de deux heures.

Il a fait oui de la tête et a refermé ses yeux ciel d'été.

Je ne me souviens pas du trajet jusque chez Paul tellement je marchais vite. Les pompiers et la police sont arrivés un peu après nous. J'étais soulagé de les voir, soulagé qu'ils le prennent en charge.

Le gosse a répondu aux questions du secouriste qui s'occupait de sa jambe.

— Je m'appelle George, il a dit, j'ai dix-neuf ans.

J'ai été surpris parce qu'il ne faisait vraiment pas son âge. Il est petit, chétif, pas de poil au menton ; je ne lui en donnais pas plus de treize. Puis son prénom, George, ce n'était pas un prénom de jeune, ça. Ensuite, un des policiers est venu m'interroger ; il voulait savoir où j'avais trouvé le garçon, si je le connaissais, etc. J'ai répondu aux questions. Et ils sont partis. C'est tout.

Je revois les secours transportant le gosse à l'hôpital, le rouge et le bleu des gyrophares qui balayaient le paysage, le chalet, et partout sur le blanc de la terre.

La nuit qui a suivi, je n'ai pas réussi à fermer l'œil. Je suis resté assis devant le feu à regarder les flammes danser. Je n'avais qu'une hâte, que le jour se lève, que Paul arrive. Puis je me suis souvenu qu'on était dimanche, et le dimanche, on ne travaille pas.

Il fallait que je me trouve une occupation pour éviter de trop cogiter. L'auvent avait besoin d'une réparation, il fallait aussi que je mette un peu d'ordre dans la remise, peut-être couper quelques souches, aller marcher, ou poser des collets, pister un cerf ou un chevreuil. En vérité, je n'ai rien fait de tout ça, et sur le coup de six heures du matin, je n'en pouvais plus, je suis allé me coucher et j'ai dormi jusqu'après midi.

Mon corps était reposé mais dans ma tête ça continuait de tourner en boucle. Les questions sur ce gosse, sur George, elles me brûlaient la bouche à force de les retenir. Mais ni les policiers ni les secouristes n'avaient pu y répondre, parce que ce gosse est majeur et pas recherché. Ils n'en savaient pas plus que moi, juste son prénom et son âge. Alors, j'ai ravalé tout ce que je voulais savoir, et ça m'a fait l'effet d'une gorgée d'acide dans la trachée, pas à cause de la frustration, non ; au fond, je crois que je m'en fichais de savoir qui il était et d'où il venait, mais pour être sûr que ce n'était pas Tom. Parce que je sais que la solitude et le chagrin rendent la mémoire poreuse, que la machine s'emballe, un peu comme un cheval fou, et déforme et réinvente des pans entiers de ta vie.

*

Il n'a rien de comparable avec Tom. À quatorze ans, mon fils faisait déjà plus d'un mètre soixante-quinze. On est des géants dans la famille, mon père était grand, je le suis aussi. Tom, lui, était tout en muscles, avec des épaules trois fois plus larges que celles du gamin, je veux dire George. Je réfléchis à ça parce qu'à un moment, j'ai perdu pied. J'ai pensé : *Si ça se trouve, c'est lui, changé, différent, mais c'est lui.* Puis j'ai retrouvé la raison. Je connais le visage de mon Tom, il n'a pas pu changer à ce point. Je le connais et je serai capable de le reconnaître dans trente ans. Ce qui m'a perdu, c'est ce même regard, cette même couleur d'yeux, comme ceux de Tom et de Nina.

Ça rend fou, de ne pas savoir. Tu ne peux pas t'empêcher d'imaginer le pire. Et ça, ça fait des ravages. Mais je ne peux pas me résigner, je n'arrive pas à me dire qu'il ne reviendra pas. Pourtant, plus de cinq ans après, il serait temps de voir les choses en face et d'admettre la réalité : il ne revient pas. Ça me fait comme un trou immense dans la poitrine, une béance. Son absence.

En partant, il a tout pris. Il nous a laissés là avec sa mère, sur le bord de la route, comme les salauds le font avec leur clébard en période de vacances. Ça nous a dévastés et plongés dans une errance sans fin. Parfois, me souvenir me fait oublier de respirer, je suis en apnée et, dans un réflexe incontrôlé, j'inspire une grande bouffée glaciale et aussitôt je reviens au monde.

À nouveau, j'entends le bruit de la motoneige, je vois le paysage qui défile, et Paul qui chante, je crois. J'ai l'impression que le trajet n'en finit pas.

Au loin, quelques cerfs déguerpissent en nous apercevant. On longe une petite rivière gelée. Sous l'épaisse couche de glace qui la recouvre, l'eau continue de couler, d'aller son chemin. Ses bords scintillent quand le soleil y dépose son or. C'est joli comme sur une carte postale.

On trace toujours sur ce lac gelé recouvert de neige, c'est du blanc pailleté partout autour. Mon regard accroche les forêts d'épicéas qui se déploient à perte de vue, jusque sur les flancs des montagnes alentour. Je me dis qu'au fond, je pourrais abattre des arbres tout le reste de ma vie, tant il y en a.

Couper, tronçonner toute la journée, c'est dur, il faut en avoir dans les bras et les jambes, surtout quand il fait froid. Mais je le supporte assez bien contrairement à d'autres gars moins solides. Et ça me plaît.

Cette année, trois ont abandonné au bout de quelques semaines. Ce n'est pas évident de trouver de la bonne main-d'œuvre. Parfois, pour renforcer les équipes, Paul engage des gars qui viennent d'Europe de l'Est. Ces gars-là se foutent pas mal du froid et travaillent dur sans jamais se plaindre. Alors, oui, le salaire n'est pas mirobolant, mais je ne me plains pas, parce que Paul paye mieux que certains. Puis il connaît le job ; son père le lui a appris, tout comme son grand-père l'avait enseigné à son père. Il a ça dans le sang. Souvent, je le regarde faire, il est là, patient, à expliquer, réexpliquer pour éviter un accident. Ça me fait rire, ceux qui s'improvisent bûcherons. Et il y en a, c'est un fait. On en a parfois qui savent tout juste tenir une hache ou enfoncer un coin. Faut leur montrer, comme à des apprentis, comment on entaille la base du tronc pour faire tomber l'arbre dans la bonne direction. Y a les kamikazes aussi ; eux, ça les gêne pas d'ébrancher les arbres en équilibre sur leur tronc.

Un jour, un gars a glissé. L'écorce était humide et la chaîne de sa tronçonneuse ne s'est pas arrêtée, ça lui a coupé la main en deux. Ça aurait pu être pire. Faut rester vigilant tout le temps pour éviter la catastrophe. Je ne parle même pas du dérèglement climatique, du manque d'eau, des arbres qui sèchent et qui se font bouffer par les scolytes. C'est en les coupant qu'on s'en rend compte, mais c'est trop tard. L'intérieur du tronc est mou et l'arbre chute de travers, et là, ça t'emporte un bonhomme en un rien de temps, parce que quand tu bosses à plus de mille trois cents mètres d'altitude, tu dois savoir jouer avec les pentes. Ici, la coupe est différente de celle qu'on pratique dans les plaines, mais je préfère. Et Paul aussi. Parfois, à nous deux, on fait le boulot de quatre bonshommes. Paul répète souvent : « Tant qu'on a la force, faut pas chômer. »

Il a raison, alors on bûcheronne comme des dingues et les gars autour nous regardent comme des bêtes curieuses.

L'argent que je gagne, comme je n'ai pas trop de besoins, j'arrive à en mettre un peu de côté chaque mois pour acheter un tout-terrain, ce qui évitera à Paul tous ces allers-retours dans la semaine. Et moi, je serai plus autonome. L'autre moitié de mon salaire, je l'envoie à Nina. Je sais, ce n'est pas énorme, mais c'est ma façon de lui dire que je ne l'oublie pas. J'ai pensé à écrire quelques mots pour accompagner l'argent, mais je n'y arrive pas, et surtout, je ne suis pas certain que ce soit utile.

De toute façon, j'ai des nouvelles d'elle régulièrement par Katy, la femme de Paul, qui descend en ville tous les quinze jours pour faire le plein de provisions, entre autres. Je sais que Nina va mieux. Elle a repris son job d'institutrice en septembre. Savoir ça m'a mis en joie toute la journée, et ça me conforte dans le fait que j'avais raison de m'en aller, c'était ce qu'il y avait de mieux à faire pour qu'elle puisse se remettre en selle. Souvent, je pense à redescendre juste pour la voir, lui parler, mais la peur d'être repoussé me cloue sur place. Son regard, c'est son regard que j'appréhende. Moi, à sa place, je n'accueillerais pas à bras ouverts le type qui a fait fuir notre garçon.

Alors, je reste avec mes idées à la con. Je sais que l'existence ne sera plus jamais comme avant, la sienne, la mienne, je sais tout ça, c'est juste que je n'arrive pas à l'accepter.

Quand Katy me parle de Nina, elle prend toujours mille précautions, pourtant je sens de l'embarras dans sa voix, comme si elle ne disait pas tout, et ça me fait comme un coup de poing dans l'estomac. Alors j'encaisse les coups en silence.

Paul et elle n'ont pas d'enfant, ce n'est pas pour autant qu'ils n'aiment pas les gosses. Fallait voir quand Tom était là, comment ils s'en occupaient. Ils ont eu l'intelligence, ou le cœur, de ne jamais dire « Il reviendra ».

Sans doute que, pour d'autres, ces paroles seraient rassurantes, mais moi, elles me feraient un mal de chien. Ils ne parlent pas de Tom, jamais ils n'évoquent un souvenir. Ils attendent probablement que j'en parle le premier.

J'ai de la chance de les avoir. Je sais que j'ai changé depuis que je vis ici, je suis devenu une sorte d'ours, un sauvage, y a pas d'autre mot. J'ai du mal à supporter les gens maintenant, je n'en fréquente quasiment pas. Mais eux, c'est différent. Je peux compter sur eux, comme ils peuvent aussi compter sur moi. On n'a pas besoin de se le dire, on le sait et c'est suffisant.

Paul et Katy se sont installés dans le coin avant que je rencontre Nina. À cette époque, mon père construisait le chalet sur une parcelle de quelques ares qu'il tenait de ses aïeux. Tout son bois, il l'achetait à Henry, le père de Paul. Et tous les week-ends quand je montais lui filer un coup de main, souvent Paul était là, et Katy nous rejoignait avec le pique-nique. C'est comme ça que je les ai connus. Quand j'y pense, je me dis qu'on avait du mérite de bosser avec mon père, parce qu'il n'était pas facile. C'était plutôt le genre irascible et exigeant. Trop même, mais ce qu'il faisait, il le faisait avec talent. Ce n'était pas un monstre, il n'avait pas le fond mauvais, et je comprenais ses longs silences, je savais qu'en lui quelque chose était cassé. Je sais aussi qu'il faisait de son mieux pour ne rien montrer de ce qui le dévastait. C'était à cause de ma mère. Je ne l'ai pas connue. Souvent, je demandais à mon père pourquoi je n'avais pas de mère, il disait : « C'est comme ça, c'est la vie, t'es pas le premier à qui ça arrive et sûrement pas le dernier. »

Et il s'arrêtait là. Sur son visage, quelque chose trahissait une souffrance. Je savais qu'il mentait, que c'était sûrement plus grave, et je voulais savoir. Puis un jour, à force de le tanner, il a fini par me dire qu'elle était partie. C'est au réveil qu'il s'en est aperçu. Elle avait laissé une lettre de quelques mots, dans laquelle elle disait qu'elle s'en allait parce qu'elle ne voulait pas de cette vie-là. Qu'elle ne voulait pas de moi, plus de lui, et qu'elle ne reviendrait pas. C'est tout. Alors mon père a dû m'élever tout seul, sans jamais rien demander à personne. De toute façon, il n'y avait personne, il s'était arrangé pour se fâcher avec le peu de famille qu'il lui restait. On n'était que tous les deux. Et je sais que pour lui c'était dur, parce qu'il n'avait rien vu venir.

Moi non plus, je n'ai rien vu venir.

C'est dingue de penser que tout peut partir en vrille du jour au lendemain. On s'installe dans une sorte de tranquillité, on est heureux, je veux dire, on n'a pas de problème particulier. On ne se doute de rien. Puis patatras. La vie t'en colle une bien comme il faut, et toi, t'as juste tes yeux pour pleurer.

Après le drame, parce que la disparition de Tom est un drame qui n'en finit pas, Paul m'a proposé de rejoindre son équipe. Ça m'évitait de redescendre dans la vallée pour aller bosser. Alors, bien sûr que j'ai accepté son offre. Ici, au fond, c'est chez moi. Ici, c'est le plus bel endroit du monde. Ici, les forêts, les décors changent au rythme des saisons. Ici, je le sens, il y a une force immobile qui veille. Une force bienveillante. J'aime penser que, de temps en temps, elle pose sa main sur mon épaule et ça me tranquillise.

Paul ralentit, on arrive sur la zone du rendez-vous, « le camp » comme on dit. On est les derniers. Les gars attendent en buvant leur café autour du brasero qui est à une dizaine de mètres devant le baraquement prévu pour les saisonniers. Ils sont six, et tous me dévisagent. J'avance vers le brasero, et l'un des gars s'approche de moi en me tendant une petite tasse en métal remplie de café. Je suis surpris, je prends la tasse et le remercie. Lui, je ne le connais pas. Il me sourit, puis me tape sur l'épaule et me dit :

— Bravo, mec, c'est bien ce que t'as fait pour le jeune.

J'ai un mouvement de recul – les familiarités, ce n'est pas trop mon truc. J'incline la tête en guise de remerciement, puis je m'éloigne. Les voilà tous à me lorgner en parlant doucement comme des gamins le feraient dans une cour de récréation. Paul me rejoint comme pour calmer le jeu et annonce le programme de la journée. Il déplie une carte et présente aux gars la parcelle sur laquelle on va bosser.

— À vue de nez, il dit, y en a pour deux bons mois de coupe.

Il demande aux gars de s'habiller, de s'équiper. Il crie :

— Pensez aux casques et aux lunettes ! Et aux bidons d'essence ! Et affûtez vos chaînes avant de commencer.

Les gars se mettent en route.

Je prends mon sac, m'équipe et les suis. Paul reste avec Greg, qui est chargé de s'occuper du débardage. Ils sont devant un monceau de grumes qui doit partir à la scierie. Ça discute sec.

Le nouveau avec la tasse de café s'arrête et m'attend. Je passe devant sans lui prêter attention. J'ai comme un mauvais pressentiment. Je regarde droit devant moi. Bon sang, il ne va pas me coller comme ça toute la journée. Je le vois dans mon champ de vision, il n'arrête pas de m'épier. Puis il accélère le pas et arrive à ma hauteur.

— C'est bien toi, Abel ? il demande.

Je hoche la tête en signe d'acquiescement.

— Tu sais, Abel, il lance, tu sais, tout le monde parle de toi.

— Ah bon.

— C'est à cause du jeune gars que t'as sauvé.

Je lance, un poil exaspéré :

— Ben c'est bien, s'ils n'ont rien d'autre à foutre et que ça les occupe…

Je presse le pas, mais le type accélère aussi de son côté et il continue :

— T'as de la chance, t'es dans le journal, t'es un peu un héros, maintenant. Ça te fait quoi ? Dis, t'es allé le voir à l'hosto ? T'as eu des nouvelles ? C'est vrai qu'il avait la jambe en miettes ? Tu le connaissais ?

Je m'arrête et le regarde en fronçant les sourcils.

— Tu t'appelles comment ? je demande.

— Moi, c'est Franck, il répond avec un petit sourire de connivence. C'est mon premier jour avec vous, d'habitude je suis dans l'équipe de Pierre, le cousin de Paul.

— Oui, je sais qui est Pierre, je lui dis en le fixant.

Je sens que je perds patience, et je voudrais adoucir le ton de ma voix, mais je m'entends gronder :

— Écoute, Franck, je n'ai pas envie de répondre à tes questions, OK ? Tu comprends ? Alors, t'es gentil, tu me laisses tranquille, maintenant.

Puis je me tais, parce que je ne voudrais pas foutre le bordel dans l'équipe. Il arrête de sourire, ça l'a calmé on dirait, puis il reprend :

— C'est quoi, ton problème ? On ne peut pas te parler ? Hein ? T'as pris la grosse tête, c'est ça ?

J'accélère le pas et le laisse derrière moi. Je l'entends marmonner, mais je ne comprends pas ce qu'il raconte.

L'émotion est vive, mes nerfs sont à vif, je sens la tension monter et je la laisse me traverser. Elle finira bien par passer. Ce gosse n'est qu'un épiphénomène, au fond. J'essaie de m'en convaincre. Et je me tais, parce qu'il n'y a pas de mot pour définir ce qui m'étreint.

Alors, c'est sûr, depuis ce qui s'est passé, un type normal aurait demandé des nouvelles du gosse. Peut-être qu'il serait allé le voir à l'hôpital.

Un type normal, oui, mais un gars comme moi, il aurait fait quoi ?

Mon regard est attiré par le bruit d'un petit avion qui passe au-dessus de nos têtes. On devinerait presque le pilote et son passager. Le ciel est dégagé ; de là où il se trouve, la vue est sûrement superbe. Je ne suis jamais monté dans un avion ; la sensation doit être forte, et nos forêts, vues de là-haut, doivent ressembler à ces petits tas de mousse qui tapissent le sol. Le ronflement du moteur s'atténue et l'avion disparaît. Restent dans l'azur quelques traces fragiles de fumée blanche qui s'étirent et s'effilochent dans une lenteur infinie. J'ai envie de croire que cette petite poésie prédit une journée facile et ça m'aide à supporter ma douleur.

En arrivant sur le chantier, Franck ramasse une martre à moitié dévorée. Ça ne peut qu'être le forfait d'un loup ou d'un renard dérangé pendant son repas et qui l'aura laissée là. Et cet abruti de Franck rit et se pavane en tenant par les oreilles ce qu'il reste de l'animal.

— T'as juste de quoi te faire un gant ou un protège-sexe avec la fourrure ! lui crie un gars.

Franck s'esclaffe et lui répond :

— Dommage que je ne sois pas arrivé plus tôt pour le sauver, j'aurais pu avoir ma tronche dans le journal !

Et les mecs rient de concert. Moi, je ne bronche pas, je ne desserre pas les mâchoires pour retenir les mots que j'ai envie de lui jeter à la gueule. Toi, mon garçon, tu ferais mieux de garder tes distances, sinon c'est ta dépouille que j'exhiberai à la face du monde.

Je serre fort la poignée de la tronçonneuse, et une idée noire me traverse l'esprit. Je sens la rage remonter de mes entrailles, un peu comme la pression d'une bouteille de soda trop secouée. Ne fais pas le con, je me dis. Reste tranquille. Je reste tranquille. Je pense à l'après, à ces colosses qui m'attendent. J'essaie, parce que, dans ma tête, ça fait un vacarme du diable.

Mais je ne bouge pas. Je laisse le raffut dans ma tête. Je m'efforce d'ignorer cette fureur qui me talonne depuis des jours. Depuis George. Ignore-la, je me répète. Et mes mains sûres et habiles continuent d'affûter la chaîne.

Je vérifie le niveau d'huile, remplis le réservoir d'essence et je m'éloigne vers le premier arbre à abattre. J'ai du mal à respirer à cause de ces bouffées d'angoisse. J'inspire fort pour remonter des ténèbres, puis je tire plusieurs fois la poignée du lanceur et la tronçonneuse se met à hurler. Elle hurle et je hurle avec elle pour expulser ce trop-plein de rage qui me submerge et dont je ne sais que faire. Je voudrais la balancer contre cet arbre pour m'en débarrasser. Ça palpite dans mes mains, les vibrations remontent le long de mes bras. Je commence ; la scie tranche la chair pâle. J'attaque la première entaille en oblique. La chaîne dégueule des milliers de copeaux, je reste concentré et m'enivre de cette odeur propre à l'arbre ; une fragrance boisée, assez proche de la térébenthine. Et je tronçonne encore dans l'autre sens pour que l'encoche soit parfaite. Tout autour de moi volent des milliers de particules de bois, je suis couvert de sciure. J'attaque l'autre côté du géant qui a deux fois mon âge. Pardon, je lui dis. Ensuite, quand le trait de scie est suffisamment large, je place les coins d'abattage que j'enfonce à coups de masse. Je tape, je tape et je tape encore. Cette force, je le sais, elle me vient de ma rage.

À nouveau la scie rugit et s'enfonce davantage dans la large plaie. J'arrête l'engin, mes mains tremblent un peu, je ne sais pas si c'est la peur ou les vibrations de la machine ; j'ai toujours cette sensation au moment fatidique, celui où l'arbre émet son premier craquement d'agonie. Je recule rapidement pour éviter de me prendre la branche d'un arbre tout proche qu'il pourrait arracher sur son passage. Ça a déjà été le cas sur un chantier, qu'un gars se fasse assommer de cette manière. Faut toujours regarder en l'air pour voir ce que peut faire l'arbre.

Et là, je me mets à gueuler :

— Ça tombe, ça tombe !

Juste pour avertir ceux qui sont autour.

J'écoute : ça craque, ça chuinte, ça grince dans l'air, et doucement le titan entame sa chute. Au début, il part lentement, comme au ralenti, puis de plus en plus vite et finit par se fracasser au sol dans un bruissement assourdissant. La terre tremble, ça vibre sous mes pieds, dans ma tête, dans mon cœur.

Sans que je m'en aperçoive, les heures s'égrènent au rythme des chutes et des gestes répétés pour que les troncs deviennent grumes : abattre, terrasser, ébrancher, écimer, trier, mesurer, compter, puis passer à un autre arbre, encore et encore jusqu'à n'être plus capable de lever un bras. Et là, je le sens, il faut que je fasse une pause. Parce qu'il y a la fatigue, et cette fatigue elle me fait lourd, j'ai l'impression de peser autant que ces résineux. Je sens la tension dans mes muscles, mes bras tirent, il y a cette douleur qui me ronge le dos, les épaules. Je ne le sais que trop bien : les ennuis, c'est comme ça qu'ils arrivent. D'abord, il y a l'épuisement, le relâchement, le manque de vigilance, et c'est le pépin.

Ici, anticiper, c'est la règle, et ça ne veut pas dire que ça te met à l'écart du danger. Alors, la trouille, c'est le seul truc qui te tient, qui te permet de rester en alerte. Elle te colle du matin jusqu'au soir, et quand tout s'est bien passé, que tu as fini ta journée sans encombre, alors tu peux t'estimer chanceux. On en est tous conscients et peut-être davantage quand tu as plusieurs années de métier au compteur. Quand on part le matin, on ne sait pas si le soir on rentrera entier, ou si on rentrera tout court, c'est notre réalité, notre quotidien.

L'année dernière, je me suis blessé. C'était pendant l'ébranchage, je sciais les branches du dessus, et l'une de celles qui étaient coincées sous le tronc s'est libérée de sa tension. Elle est partie comme un coup de fouet et m'a ouvert l'arcade sourcilière. À quelques centimètres près, je perdais mon œil.

C'est du stress, mais aujourd'hui je ne me vois pas faire autre chose. Je serais incapable de retourner en ville. Je ne pourrais plus, c'est certain.

Je m'assois sur une souche, je respire la forêt, je m'en imprègne. Je sors ma gourde et quelques biscuits.

Un peu plus loin, j'aperçois Paul qui gueule sur le Polonais. Encore un qui ne fait pas attention. Le gars apparemment tronçonnait avec la jambe gauche en avant vers le guide autour duquel tourne la chaîne.

Paul lui hurle dessus :

— Jarek, ta jambe, elle est à moins de cinq centimètres d'où tu scies, bordel ! Tu entends ? Ça fait dix fois que je te dis que si la machine descend, t'as plus de jambe ! Tu comprends ? Plus de jambe ! qu'il répète en mimant la scène.

Le type ne moufte pas, parce qu'il sait qu'il a tort, il change d'axe et se remet à scier.

Un peu avant seize heures, Paul nous fait signe d'arrêter. Le vent se lève et la météo annonce une tempête de neige. Le temps change vite ici. Alors, on récupère le matériel et on quitte le chantier en direction du campement. À part Franck, Paul et moi, les autres gars logent dans la baraque du camp. Ils ont ce qu'il leur faut, même si ce n'est pas le grand luxe ; Paul veille à ce qu'ils ne manquent de rien. « Si les mecs sont mal logés, ils bossent mal », il dit. Il leur a même installé une télévision pour occuper leurs soirées.

On dépose chacun à notre tour les tronçonneuses dans l'abri en tôle, à côté de la baraque. Je dis à Paul que, demain, il faudra les démonter, nettoyer les chaînes, qu'il faudra les affûter aussi.

— Oui, tu as raison, il répond, je vais dire aux gars de s'en occuper.

J'étais bien conscient de parler pour rien ; d'habitude, je ne dis pas ce genre de chose. Je le fais, c'est tout. Je démonte les tronçonneuses tout seul, sans injonction de le faire. Mais là, c'était différent. Je n'avais pas décroché un mot de la journée, et pendant la pause, j'étais parti m'isoler pour avaler mon casse-dalle.

Ça a jeté un froid, même Franck n'a pas osé revenir à la charge. Il a bien fait, va savoir comment j'aurais réagi ? Mais Paul n'y est pour rien. Je ne veux pas qu'il pense ou imagine des choses qui pourraient le mettre mal à l'aise. Alors, j'ai utilisé les tronçonneuses comme prétexte parce que je ne pouvais pas exprimer le chaos dans ma tête. Tout ce que je ressens à propos de George est trop difficile à expliquer.

— Il te voulait quoi, Franck, ce matin ? me demande Paul.

— Il m'a dit que j'étais dans le journal, je réponds.

Paul ajoute que c'était à prévoir, ce genre d'événement, ça fait vendre du papier. Ce n'est pas tous les jours que ces scribouillards ont des choses à raconter.

Je me tais, parce que je ne sais pas quoi dire, et je serre les mâchoires, parce que Tom, lui, il n'était pas dans le journal. Ils n'ont rien écrit sur sa disparition. Et je reste planté là, à regarder Paul qui est concentré sur sa feuille de chantier, à lister les tronçonneuses déposées sur les étagères, les casques et le reste du matériel.

— Tu sais, ils ne racontent pas grand-chose dans le journal, c'est juste quelques lignes avec la photo du jeune sur son lit d'hôpital, murmure Paul en refermant la porte.

Je garde le silence, encore, je voudrais tellement que tout ça soit loin de moi. Que ça ne soit jamais arrivé.

Une rafale de vent claque à mon oreille et je revois Nina secouer un petit drap avant de l'étendre. Puis l'image disparaît, quelques menus flocons se prennent dans ma barbe.

— Faudrait pas trop tarder, je lance à Paul.

— On y va, il dit, puis il se tourne vers moi avec sa figure joviale : Tu viens dîner à la maison ce soir ? Je te raccompagne après.

— C'est gentil, je fais, mais je ne veux pas vous déranger.

Peut-être qu'il va comprendre que j'ai plutôt envie de rentrer, mais il insiste, et je sens bien qu'il espère un oui. Nous savons tous les deux que personne ne m'attend, et son regard me touche. Alors je me laisse faire.

— Pourquoi pas, je dis, et son visage s'illumine.

Il est comme un gosse à qui on permet une sortie entre copains. Puis on salue les gars, j'enfourche la motoneige, et nous partons.

Quand on arrive à l'avant du chalet, nous sommes accueillis par les aboiements aigus de GG qui fonce sur nous comme une trombe. Il n'attend même pas que la motoneige soit arrêtée, il nous tourne autour à toute vitesse en jappant.

— Doucement, GG, crie Paul, pousse-toi !

Puis il se marre :

— Oui, t'es un bon chien !

Il est beau, son husky, avec ses yeux vairons. C'est touchant cette joie qu'il n'arrive pas à contenir, il pousse des sons étranges qui ressemblent à des pleurs de bonheur. Je lui caresse le dessus de la tête, et il file rejoindre Paul.

GG, au début, je pensais que c'était pour Gérard.

— Gérard, c'est curieux comme nom pour un chien, je lui avais dit.

Paul avait éclaté de rire.

— Non, c'est GG, en deux lettres, GG pour Grande Gueule !

Là, c'est moi qui ai ri.

Peut-être que je devrais prendre un chien. Ces quelques secondes d'euphorie ont ravivé l'idée. Ça peut être bien, un chien. Je n'en ai jamais eu, même enfant. Je me souviens qu'un jour, j'en avais demandé un à mon père. Sa voix avait grondé fort, et la réponse avait été catégorique : « Non, j'ai bien assez à faire avec toi pour ne pas en plus m'emmerder avec un chien ! » Je ne lui en ai plus jamais reparlé, parce que mon père avait une sainte horreur de se répéter. Ça le mettait dans une colère folle. Et dans ces moments-là, je n'avais pas intérêt à traîner dans ses pattes. Alors, j'ai dû oublier l'envie d'avoir un chien.

Le truc, c'est que même si l'idée reste séduisante, je sais aussi les problèmes que ça implique. Il n'y a pas que des avantages. J'ai bien vu Paul et Katy, quand il fallait qu'ils amènent GG en urgence chez le véto, le fric que ça coûte, le stress que ça provoque. Mais ce ne sont pas les seules raisons. Je ne voudrais pas me raconter que ça peut combler ce vide qui est en moi, parce que ce vide, il est à Tom. Parce que rien ne pourra jamais le remplacer, encore moins un chien. Puis, ce qui me fait peur, c'est l'attachement, c'est d'imaginer qu'il puisse disparaître, lui aussi.

Katy nous invite à entrer. Elle m'embrasse fort sur la joue et me dit qu'elle est contente que je sois là. J'ai un peu honte, je ne suis pas lavé et je suis encore plein de poussière d'arbre. Mais à peine franchi le seuil de leur chalet, la douce chaleur du foyer m'enveloppe comme une étreinte.

La pièce baigne dans une lumière orangée, ce qui tranche avec le blanc du dehors. J'avais oublié combien c'était joli chez eux. Faut dire que la dernière fois que je suis venu, je n'avais pas trop la tête à m'attarder sur ce genre de détail. Tout est en bois et pierres, harmonieusement agencé, ordonné et décoré avec soin. C'est sûr que Katy y est pour beaucoup. Nina aussi savait rendre notre maison jolie et accueillante. Les gens qui nous rendaient visite la complimentaient toujours.

GG s'est installé près du poêle. Régulièrement, il lève la tête et renifle en direction de la marmite posée sur la plaque de fonte.

— C'est vrai que ça sent bon ! je lance.

Katy me sourit, de petites fossettes apparaissent sur ses joues, comme des virgules, et ses yeux pétillent. À ce moment-là, quelque chose se détend à l'intérieur de moi, comme si l'enclume qui pesait sur mon plexus avait disparu.

— Je suis content d'être là, je dis.

Paul m'invite à prendre place à la table que Katy a joliment dressée. Au début, je ne fais pas attention, mais très vite je réalise qu'elle savait que je viendrais, et je comprends que quelqu'un d'autre est invité parce qu'il y a quatre couverts. Du regard, j'interroge Paul qui fait mine de ne pas comprendre.

— J'ai invité Martha, dit Katy en regardant Paul, puis elle se tourne vers moi : Abel, ça ne t'embête pas au moins ?

— Non, pas du tout, je réponds.

Elle ne me quitte pas des yeux, comme pour s'assurer que je dis vrai, elle me sourit à nouveau, je vois bien qu'elle essaie de me rassurer, sa voix se fait encore plus douce :

— Tu verras, elle est passionnante, et très chouette.

— Je n'en doute pas, c'est une bonne idée, je fais.

Évidemment, les mots en retour n'ont rien de franc, c'est uniquement pour la contenter, pour être poli. Parce qu'en vérité, la nouvelle ne me réjouit pas vraiment. Je n'ai pas envie de rencontrer du monde, et une femme, encore moins. *Merde,* je me dis, *ils m'ont tendu un traquenard.* Je sens que l'enclume reprend sa place, je suis à nouveau tendu et je n'ai qu'une envie, demander à Paul de me ramener chez moi. Mais je n'ose pas, je ne peux pas. Je suis coincé là et je n'aime pas ce qui se passe.

Paul me tend une bière, nous trinquons à la journée sans accident, puis nous vidons nos bouteilles sans trop parler. Katy nous fait remarquer notre silence. Paul dit que c'est la fatigue, que la journée a été dure, et moi j'acquiesce, parce que je n'ai plus du tout envie de discuter. Pour dissiper le malaise qui s'installe, Katy s'assoit à côté de moi et raconte sa journée. Elle commence son récit par Dick, le vieux trappeur qui vit plus haut dans une cabane. Elle explique qu'il lui a rendu visite ce matin tôt, un peu après le départ de Paul, qu'il est venu avec du gibier, il avait également quelques peaux de loup et de renard qu'il s'en allait vendre. Il lui a proposé une peau de renard, elle a dit que la peau était belle, sûrement que la bête devait l'être davantage. Elle lui a acheté la viande mais a fait l'impasse sur la peau.

— Dommage, rétorque Paul, et Katy fronce les sourcils.

Il lui sourit et Katy continue :

— Il avait l'air furieux après vous, les bûcherons, elle dit en riant, parce que vous coupez tous les arbres et faites fuir les animaux, et qu'il est obligé de s'installer ailleurs.

— Ah bon ? s'étonne Paul, et où il va aller ?

— Il dit qu'il y a une cabane à rénover de l'autre côté du col, près du lac.

— C'est un joli coin, commente Paul, il sera bien là-bas !

Et moi, je trouve que c'est bien triste tout ça, parce qu'on ne le verra plus et que je l'aime bien, Dick, il me fait penser un peu à mon père – en moins bourru, c'est certain. C'est lui qui m'a appris à poser un collet, qui m'a expliqué ce qu'était une ligne de trappe. C'est lui qui veille sur cette nature et participe à son équilibre. Les gens de la ville, les touristes, eux n'y comprennent rien, et même si ça leur semble paradoxal, les trappeurs sont nécessaires, c'est grâce à eux que certaines espèces sauvages existent encore. Il faut écouter Dick en parler pour comprendre, et aujourd'hui, avec cette saloperie de législation, les trappeurs disparaissent. Décidément, ça démarre mal, cette soirée.

Katy enchaîne ses histoires en nommant des gens que je ne connais pas qu'elle a croisés au village plus tôt dans la journée, mais déjà je n'écoute plus, je regarde son joli visage s'animer et les reflets du feu dessus, et je me demande qui est cette Martha. Et je panique un peu, parce que je ne suis pas prêt pour ça – je sens la sueur, mes vêtements sont sales. Je regarde mes mains : elles sont calleuses, abîmées, et sous mes ongles, il y a de la crasse. J'ai l'air de rien. Je n'aurais jamais dû accepter cette invitation.

Je donnerais cher pour rentrer. Parce qu'après le boulot, une fois chez moi, il ne se passe rien. C'est le silence, un silence précieux, celui qui m'a manqué dans la journée. J'ai un rituel : j'allume le poêle, je fais un brin de toilette, je range ce que je n'ai pas eu le temps de ranger la veille. Puis je me prépare un truc pour le dîner, ça va vite en général : une assiette de soupe, un bout de pain et de fromage. Après, je me roule une cigarette que je vais fumer dehors quand le temps le permet. Je regarde le ciel, les étoiles, ces centaines de milliards d'étoiles, et je cogite. Quelquefois, d'ici m'arrive le chant des loups. Alors je reste à les écouter, et ça me remplit de quelque chose de pur et de sauvage.

De temps à autre, je lis un peu, puis très vite la fatigue me fait capituler, et je m'endors, et il n'y a plus rien.

Les aboiements de GG me font sursauter.

— C'est Martha ! s'écrie Katy en se précipitant vers la porte d'entrée.

Je me force à sourire, je n'ose imaginer ce qui peut se lire à cet instant sur mon visage. Au même moment, mes mains deviennent moites, dans ma poitrine, mon cœur s'emballe et dans ma tête, des milliers de pensées s'entrechoquent. Paul se lève, je l'imite, et Martha apparaît dans l'embrasure de la porte.

MARTHA S'EST DÉBARRASSÉE DE SON ANORAK et, quand elle a enlevé son bonnet, ses cheveux noirs et lisses se sont échappés en une vague fluide, glissant avec élégance le long de ses épaules. Puis Katy a fait les présentations. Martha s'est avancée vers moi en me tendant sa joue dans l'attente d'une bise. J'ai reculé, je lui ai tendu la main et j'ai dit « Bonsoir ». Rien de plus. Ça l'a surprise. C'est sûr que ce genre de réaction, ça jette un froid. Elle ne s'est pas démontée pour autant : elle m'a serré la main en m'adressant un joli sourire. Je lui ai rendu et je suis retourné m'asseoir.

Fallait pas qu'ils espèrent autre chose, voilà. Ni Paul ni Katy n'ont réagi. Ils n'ont même pas eu l'air étonnés. Peut-être qu'ils se disent que ce n'était pas une bonne idée, finalement, ce dîner. En tout cas, moi, je le pense. Ils auraient dû la prévenir que le type qu'elle allait rencontrer n'était pas de ceux que l'on croise dans les romans ou dans les films. Ce genre de mec sympa et bien dans ses bottes, celui qu'on écoute des heures quand il raconte les secrets de la montagne et ceux de la faune et de la flore, ou encore celui qui parle aux loups, qui chante avec eux. Celui-là même qui piste, traque et chasse loin de chez lui des jours entiers en suivant les lignes de trappe et pour qui chaque nuit, chaque journée est vécue comme une véritable aventure. J'espère vraiment que ce n'est pas ce qu'elle imagine de moi. En fait, je ne sais pas ce qu'elle sait, j'ignore ce que lui ont dit Paul et Katy. J'aurais dû leur poser la question avant, voilà ce que j'aurais dû faire. À présent, je m'en veux et j'enrage à l'intérieur. Alors je rentre au-dedans de moi, je m'enfonce loin et je me perds dans ce noir et ce vide.

Leurs voix s'entremêlent, ça fait une sorte de bourdonnement, une soupe de mots qui flottent au-dessus de ma tête. Je me demande ce que cette Martha est venue faire ici, dans cette montagne, dans ma montagne, dans ce chalet, chez mes amis, dans ma vie. En vérité, je ne suis pas fier de toutes ces pensées, et ça me remue ; c'est que je lui en veux d'être assise là, à cette place, la même qu'occupait Nina quand il nous arrivait de nous retrouver ici tous les quatre pour partager un moment, et je revois Tom petit, sur les genoux de sa mère.

Le sang cogne à mes tempes. Ça me remplit de colère et de mélancolie aussi, et je tourne mon visage vers la fenêtre pour ne pas leur montrer le chagrin qui noie mes yeux.

Dehors, ça souffle fort et le vent charrie des flocons gros comme mon pouce. J'ai pensé mille fois me lever, prendre ma veste et m'en aller. Mais ça ferait de la peine à Katy et à Paul ; et ça, je ne le veux pas.

Il ne me reste plus qu'à attendre que cette saloperie de tristesse me quitte.

Il me faut quelques verres pour me détendre un peu, pour que mes yeux s'habituent à Martha, à sa beauté.

Ça m'a fait comme un choc, sa beauté, son allure. Une sensation que je n'ai plus éprouvée depuis Nina. Puis quelque chose en moi s'est réveillé, une sorte d'écœurement : le dégoût de moi, de ce que je suis devenu. Il faut que tout ça se calme et, dans une grande inspiration, je sens la colère redescendre et la tristesse partir. Et je sors de ma zone d'ombre. Enfin.

Nous sommes à nouveau quatre autour de cette table, et j'ai l'impression de voir de la lumière sur leurs visages et dans leurs yeux.

Paul s'applique à répondre aux questions de Martha sur notre métier de bûcheron. Il y prend du plaisir, ça se voit, et Martha est tout ouïe. Paul, c'est ce qui m'est arrivé de mieux après la disparition de Tom ; je ne lui ai jamais dit tout le bien que je pense de lui. C'est à cause de cette foutue pudeur, celle-là même qui t'empêche de dire aux gens combien tu les aimes, et après tu te retrouves comme un con avec des regrets. Et des regrets, je ne veux pas m'en faire ce soir, je ne veux pas me réveiller demain en me disant : *Voilà, t'as tout gâché, encore.*

Alors, je prends part à la conversation ; je vois bien que ça fait plaisir à tout le monde.

Ensuite, tout naturellement, Martha parle d'elle, et je réalise que Katy avait raison : elle est passionnante, avec un petit truc en plus. Je ne saurais pas dire quoi, comme de la douceur, mais pas seulement ; je ne trouve pas les mots. En tout cas, elle est agréable et c'est un véritable plaisir de l'écouter évoquer sa passion pour la photo, l'exposition qu'elle envisage de faire, les grandes villes dans lesquelles elle a vécu un temps, et son métier qu'elle a quitté avec un joli parachute doré. Là, j'avoue, j'ai un peu décroché, je n'ai pas bien compris ce qu'elle faisait ; il était question de finances. Ensuite, elle nous décrit la petite maison qu'elle vient d'acheter, un peu plus à l'est en allant dans la vallée, le lieu dont elle est tombée amoureuse, et les vacances qu'elle passait ici plus jeune avec Katy. Là, elles se mettent à causer déco ; ce n'est pas trop mon domaine, alors je regarde Paul et je lui dis que ce serait bien qu'on y aille, parce que, demain, on démarre tôt.

Puis, comme pour m'empêcher de me lever, Paul pose sa main sur mon épaule.

— Attends ! il dit, et il sort une bouteille d'eau-de-vie, sa fameuse.

Il attrape quatre petits verres et lance sur un ton joyeux :

— Allez, une petite goutte avant de partir, histoire de se donner du courage pour affronter le froid.

Il remplit nos verres.

— C'est fort, dit Martha, mais pas mauvais.

Nous sourions. En une gorgée, j'avale ce feu qui se propage le long de ma gorge, et à ma grande surprise, Katy fait la même chose. Martha ne s'aventure pas à nous imiter et repose son verre sur la table.

— Excusez-moi, dit Martha en me regardant, vous connaissez bien le coin, je suppose ?

— Oui, je fais, un peu étonné. Pourquoi ?

— J'aimerais, si ça ne vous dérange pas, bien sûr, que vous soyez mon guide. J'ai déjà quelques idées de photos.

Je désigne Paul, en répondant qu'il serait sans aucun doute un bien meilleur guide que moi.

— Absolument pas ! riposte Paul. Tu connais la montagne comme ta poche. D'ailleurs, ma motoneige est à votre disposition. Vous pourrez avoir accès à des points de vue formidables.

Je n'ose rien dire, je me sens un peu coincé. Puis, ne trouvant aucune excuse, je finis par accepter.

— Si ça peut vous rendre service, Martha, pourquoi pas, je dis.

Alors, Katy lui parle des hauteurs des collines, plus au nord. Paul évoque le lac, mais il précise qu'il faut prévoir la journée. Nous discutons encore des endroits à voir et de ceux à éviter. Puis, soudain, Martha lance le sujet que je redoutais tant. Je ne sais pas comment nous en sommes arrivés là, mais il fallait s'y attendre. Malgré tout, je suis surpris de la façon dont elle s'y prend. C'est fait avec beaucoup de finesse ; elle ne pose pas de question directement. Elle dit juste qu'elle est admirative, que ce jeune homme a eu une chance folle que je passe par là.

— Il vous a remercié ? elle me demande.

Je ne réponds pas tout de suite. Forcément, je ne m'attendais pas à ça. Je veux dire, à ce genre de question. Je ne me sens pas attaqué, non, je suis juste étonné. Un drôle de silence s'installe, quelque chose de lourd. Alors, pour dissiper le malaise, Paul répond à ma place et dit qu'on n'a pas eu de nouvelles, qu'on sait juste ce qui a été dit dans le journal. C'est tout. Puis Martha semble désolée d'en avoir parlé. Elle me regarde avec ses beaux yeux noirs et s'excuse :

— Je ne voulais pas être indiscrète, vraiment.

Là, je sens qu'il faut que je dise quelque chose pour éviter à nouveau l'embarras.

— Oh non, il n'y a pas de mal.

Et je suis sincère. Parce qu'avec elle, c'est différent de ce qu'il s'est passé avec Franck. Sa voix est calme et il n'y a rien de tordu dans ses questions. Je décide de lever le tabou et je réalise que ça me fait un bien fou d'en parler.

C'est comme quand tu crèves un abcès : tu appréhendes la douleur au début, puis, quand tu enlèves la pourriture, tu te sens mieux à nouveau. C'est une libération, et c'est exactement ce que je ressens en racontant comment j'ai trouvé George. Là, j'ai trois paires d'yeux qui me fixent, totalement fascinées par mon récit. Je conclus :

— J'ai fait de mon mieux, et je suis soulagé maintenant. Je sais qu'on prend soin de lui et qu'il va guérir.

Toujours dans ce même élan, l'alcool aidant, je m'entends dire :

— Je n'ai pas eu le temps encore, mais je compte bien aller le voir ce week-end pour prendre de ses nouvelles.

Paul me regarde, étonné. Je crois que je le suis autant que lui, mais c'est trop tard, je ne peux pas revenir sur ce que je viens de dire. Aussitôt, il lance :

— Oui, très bonne idée. Tu prendras notre voiture.

— Mais tu sais bien que nous sommes chez mes parents, ce week-end ! l'interrompt Katy.

Parfait, voilà une belle occasion de revenir sur mon intention. Immédiatement, Martha rétorque :

— Très bien, alors vous acceptez d'être mon guide dans la montagne pour mes prises de vue, et moi, je vous accompagne avec ma voiture jusqu'à l'hôpital. Ça ne me dérange pas du tout, je vous assure !

De toute évidence, je ne peux plus faire marche arrière, alors je dis d'accord.

Enfin, nous nous levons de table, je remercie Katy pour son excellent dîner et l'embrasse.

— Soyez prudents ! elle nous lance.

Paul et moi enfilons nos vestes, et sur le seuil de la porte, juste avant que nous sortions, Martha s'approche de moi, me tend sa joue, et cette fois, je ne recule pas.

En arrivant devant chez moi, Paul sort de sa veste un journal plié en deux, qu'il me tend.

— Tiens, ce n'est pas tant pour l'article qui est ce qu'il est, faut bien le dire, mais au moins tu auras le nom complet du gamin.

Je le remercie, on se dit à demain, puis je le regarde s'enfoncer dans la nuit, laissant derrière lui le vrombissement de sa machine.

LE SAMEDI QUI A SUIVI, Martha est venue me chercher comme prévu. Nous sommes partis tôt parce qu'il y avait plus de trois heures de voiture pour se rendre en ville. Il ne neigeait pas, il n'y avait pas de vent. Tout était calme dehors. Dehors, oui, mais à l'intérieur de moi, c'était bourrasque, tempête et appréhension. J'avais fait un effort vestimentaire, j'étais même allé jusqu'à tailler ma barbe, histoire de ne pas ressembler au sauvage que je suis le reste du temps. J'avais préparé du café en l'attendant, et quand Martha est arrivée, nous l'avons bu tranquillement, debout sous l'auvent, les yeux perdus dans la montagne.

Le jour se levait doucement quand nous avons quitté les chemins sinueux. Ensuite, nous avons suivi la longue route droite qui longe bois et forêts, jusqu'à rejoindre la quatre-voies. Le contraste était flagrant ; la lenteur remplacée par la vitesse, le silence par le tumulte, la beauté de la nature par la laideur urbaine.

À présent, à travers la vitre, partout autour, ce n'est que bitume et béton. De longues barres d'immeubles bordent d'immenses centres commerciaux qui sont prolongés par des boîtes collées les unes aux autres, entourées d'une nuée de places de stationnement. Un peu plus loin, des tours arrogantes semblent vouloir atteindre les cieux. Ça n'a rien de majestueux. Il n'y a pas d'arbres, ça ne respire pas. Le ciel est bas, gris, sale de pollution. La route devient pénible et je reste bloqué dans mon silence.

Martha doit lire dans mes pensées parce qu'à ce moment-là, elle me lance sur un ton complice :

— Ce n'est pas joli-joli, hein ? Je ne suis pas mécontente d'avoir quitté tout ça.

— C'est sûr, je lui réponds. Là-haut, c'est autre chose.

En nous doublant avec son gros pick-up noir, un type fait de drôles de signes à Martha, il a l'air énervé. Martha se rabat sur la droite et soupire.

— La route, c'est la jungle, elle lance, ce genre de mecs se croit tout permis.

Elle râle en ajoutant qu'elle déteste conduire. Je lui propose de prendre le volant au retour.

— C'est vrai ? elle demande, tout sourire.

— Oui, je dis, ça ne me pose pas de problème.

En fait, j'étais plutôt soulagé qu'elle accepte. Sans vouloir être misogyne, j'ai bien saisi que le volant ce n'était pas son truc, et même si les types roulent comme des dingues, il faut bien l'admettre. Je comprends que sa conduite puisse en agacer plus d'un. Mais je ne dis rien, mes yeux se perdent au-dehors, et dans ma tête, il y a les visages de Tom, et de Nina bien sûr. Je pense aussi à George et à ce que je vais bien pouvoir lui dire. Je respire un grand coup pour m'aider à remettre un peu d'ordre dans mes idées malgré le désolant spectacle environnant.

— Vous revenez en ville, parfois ? elle me demande.

— Non, je réponds, la ville, ce n'est vraiment pas mon truc. La dernière fois, c'était...

Et je me tais, mais je réalise que c'est trop tard. D'une manière ou d'une autre, elle va vouloir savoir et va me demander de finir ma phrase. Je n'y arrive pas, c'est au-dessus de mes forces.

— Vous savez, elle lance, on n'est plus obligés de se vouvoyer. Ce n'est pas comme si on ne s'était jamais vus, on a déjà fait connaissance l'autre soir...

Elle rit doucement.

— Mais si ça te gêne, on peut continuer à se vouvoyer.

— Non, je dis, ça ne me dérange pas.

Puis au bout de quelques secondes, elle demande :

— Tu disais que tu n'étais pas revenu en ville depuis combien de temps ?

Voilà, c'était à parier, et je ne peux pas lui en vouloir, c'est ma faute, j'ai ouvert une brèche. Je laisse passer un peu de temps, je serre les poings et fixe le pare-brise, puis finis par répondre :

— Eh bien, puisque tu veux savoir, je ne suis pas revenu dans cette foutue ville depuis cinq ans. La dernière fois que j'y ai remis les pieds, c'était dans un poste de police pour signaler la disparition de mon fils, Tom, voilà.

Elle se raidit et murmure un OK à peine perceptible. Ses mains se crispent sur le volant, elle ne sourit plus, son visage est grave. Et je prends conscience que j'ai parlé un peu fort, sur un ton brutal.

— Pardon, je marmonnc.

Elle tourne la tête vers moi, et dans ses yeux, je ne vois rien qui ressemble à de la pitié ou à de la colère. C'est tant mieux, parce que ça m'aurait fait horreur.

Je l'observe, maintenant elle fixe la route, elle ne bronche pas. Je vois bien que je ne peux pas la laisser comme ça, juste avec ces quelques mots. Je sais que cette tragédie ne peut pas se résumer en une phrase, mais je le tente quand même.

— C'est difficile d'en parler, je dis, et je sens au fond de moi cette douleur, indescriptible et insupportable.

J'aperçois un éclat de douceur dans ses yeux, elle m'intimide un peu, et très vite je m'aperçois que je ne risque rien. C'est vrai que j'aurais pu laisser filer, garder le silence, après tout, rien ne m'obligeait à lui répondre, mais je décide de baisser la garde et je finis par lâcher :

— Tom venait d'avoir quatorze ans ; un matin avant d'aller au collège, on s'est disputés pour une connerie, et le soir, il n'est pas rentré. On a fait tout ce qu'il était possible de faire mais on ne l'a jamais retrouvé. On ne sait pas ce qu'il est devenu, s'il est vivant ou mort, les recherches n'ont rien donné. Rien.

Je sens bien que je suis sur le fil, qu'il suffirait de pas grand-chose pour que je bascule.

— Et ta femme ? elle demande doucement.

J'explique qu'on s'est séparés un an après la disparition de Tom, parce qu'on n'y arrivait plus. Ma gorge se noue, je ne peux plus prononcer un mot.

Soudain, Martha a ce geste tendre, trop peut-être : sa main vient serrer mon bras, et j'ai l'impression d'imploser. Ce qui se produit à l'intérieur de moi est semblable à ce qui se passe à l'extérieur quand le vent tourne et qu'un orage se prépare. D'abord, il y a les nuages gris, chargés, qui s'amoncellent et obscurcissent tout ; déjà, des filets de lumière jaune électrisent le ciel, le vent gonfle encore et tu sens que ça va péter et que des trombes d'eau vont marteler la terre. Ça crée une tension dans l'air, que tu ressens jusque sur ta peau.

Et je m'effondre. Ce chagrin que je retenais depuis des années jaillit au-dehors de moi sans que je puisse rien y faire. Ça ne s'arrête pas, je prends ma tête dans mes mains pour me cacher parce que j'ai honte. Honte de m'offrir en spectacle et d'étaler ma misère de cette façon.

Elle ralentit, puis l'instant d'après nous sommes garés devant une station essence. En sortant de la voiture, elle me dit avec cette même voix suave :

— Je vais chercher un café, t'en veux un ?

Je hoche la tête pour dire oui.

— Très bien, elle lance, puis elle ajoute : Dans la boîte à gants, il y a des chewing-gums, un paquet de blondes et des mouchoirs.

J'attends, fébrile, qu'elle soit dans la boutique pour hurler. Je réussis à me calmer en donnant quelques coups de poing sur le tableau de bord, et une petite partie de la douleur qui vrillait mon cœur vient se loger sur le dessus de ma main. Je sens la colère refluer et une espèce de calme m'envahir enfin.

Ensuite, Martha me rejoint avec nos cafés et un sac.

— Je ne sais pas si ça lui fera plaisir, explique-t-elle en me tendant le sac rempli de friandises et de magazines, j'ai pensé que ça serait bien que tu arrives avec quelque chose.

— Merci, je dis.

En fait, je me sens penaud de ne pas y avoir pensé. Du coup, pour me donner un peu de contenance, je lui propose que nous sortions histoire de prendre l'air, même si l'air d'ici n'est pas le meilleur, et d'en profiter pour fumer une cigarette en buvant notre café. Elle trouve que c'est une bonne idée. On se sourit.

Et soudain, l'envie irrépressible de la serrer dans mes bras me submerge. Je suis abasourdi par ce drôle d'élan que j'étouffe aussitôt. Je ne bouge plus et ne laisse rien paraître.

Dehors, appuyé contre le mur de la petite cafétéria, il y a une jeune femme brune, un gobelet à la main, qui fume clope sur clope. À ce rythme, dans deux heures, elle aura fini son paquet. Elle a dû sentir que je la regardais ; maintenant, c'est elle qui me dévisage avec un air interrogatif, puis elle jette sa cigarette et son gobelet dans la poubelle à côté et s'engouffre dans une petite voiture rouge.

Une fois nos cafés finis, nous reprenons la route. Nous quittons la tristesse de la banlieue pour nous fondre dans l'effervescence bouillonnante de la ville. Je reconnais immédiatement l'hôpital. Ça me fait comme une décharge électrique dans la poitrine, parce que c'est ici que Tom est né. Dans notre petite ville, il y a juste un dispensaire, et le médecin avait dit qu'il valait mieux que Nina accouche à l'hôpital – l'enfant se présentait mal et il ne fallait courir aucun risque.

Martha me laisse à côté du parking sur lequel nous devons nous retrouver une heure plus tard.

— Une heure, c'est largement suffisant, je dis en refermant la portière.

Face à moi s'élève l'imposant bâtiment en forme de L, percé de centaines de fenêtres. Sa façade, d'un blanc immaculé, est aussi lisse et impeccable que dans mon souvenir. Je me dirige vers l'entrée principale. J'observe les portes automatiques s'ouvrir et se fermer au gré des allées et venues, et déjà, je sens cogner mon cœur. Les semelles de mes chaussures me semblent de plomb tant mes pieds sont lourds. Chacun de mes pas est laborieux. Il me faut plusieurs minutes pour traverser l'atrium et atteindre enfin le comptoir d'accueil.

Derrière sa vitre, une grosse dame aux boucles jaunes et aux lèvres trop rouges m'indique l'étage et le numéro de chambre dans laquelle séjourne George. Elle m'explique tout sourire que je dois prendre l'ascenseur C, qui se trouve à droite entre le kiosque à journaux et la cafétéria. Je la remercie et progresse dans le hall en suivant ses instructions.

Dans le couloir, je dépasse des patients mal en point qui traînent derrière eux leur potence à perfusion. L'air est saturé d'une forte odeur d'ammoniaque et de médicament qui me retourne l'estomac.

Une fois arrivé, je reste planté quelques secondes devant la porte. De l'autre côté, il n'y a pas un bruit. On verra bien, ce n'est plus le moment de se demander si tout ça a un sens. De toute façon, il n'est pas question que je m'éternise.

Je donne deux petits coups pour m'annoncer et, en réponse, derrière la porte, une petite voix dit « Oui, entrez ».

— Bonjour, George ! je lance en refermant la porte, puis lentement, je m'approche de son lit.

Il balbutie un « Bonjour monsieur » en se redressant péniblement à l'aide du trapèze suspendu au-dessus de lui. Je ne sais pas s'il me reconnaît.

— Ça va, bonhomme ? je lui demande doucement.

Ses grands yeux ciel d'été me fixent. Il a meilleure mine, je trouve, et sans trop forcer ma voix, je lui demande encore :

— Tu te souviens de moi ?

Il racle sa gorge et murmure doucement :

— Oui, je crois. C'est vous qui m'avez sauvé, hein ? C'est ça ?

— En quelque sorte, je réponds.

Il m'observe de la tête aux pieds, les sourcils froncés, pour s'assurer que c'est bien moi, puis son visage se détend.

— C'est fantastique que vous soyez venu, il dit, parce que je ne savais pas comment vous joindre pour vous remercier.

Je m'approche encore un peu de lui. Je vois dans ses yeux que ma taille l'impressionne, alors je m'assois dans le fauteuil près du lit pour paraître moins grand.

— T'as pas à me remercier, je dis, je suis désolé de ne pas être venu plus tôt, et ma voix tremble un peu.

Il m'épie, m'évalue encore. Je sens qu'il veut dire quelque chose, alors je ne dis rien, j'attends. Soudain, il demande :

— Est-ce que vous avez mon sac ?

— Ton sac ? je fais, étonné. Non, je n'ai pas ton sac.

— Ah ? il dit en grimaçant, c'est vraiment embêtant, parce qu'il y a toutes mes affaires dedans. Je pensais que vous étiez venu pour ça.

Puis il regarde par la fenêtre, le visage assombri.

— Quand je t'ai trouvé, je lui dis, il n'y avait pas de sac, il a dû rouler quelque part quand tu es tombé, c'est pour ça que je ne l'ai pas vu. Il n'y avait que toi et, dans un sale état en plus, mais ne t'inquiète pas, je retournerai voir.

— Je veux bien, si ça ne vous embête pas, il dit avec une drôle de petite voix plaintive.

— Non, évidemment, ne t'inquiète pas.

Puis j'ose enfin la question :

— Dis-moi, que faisais-tu là-haut tout seul par ce temps ?

Aussitôt ma question posée, je réalise à quel point elle est déplacée.

— Pff, excuse-moi !

En vérité, j'espérais qu'il répondrait quelque chose, mais non, il reste muet, le visage toujours rivé sur l'extérieur.

Bon sang, j'essaie de me souvenir de la scène. Je fouille ma mémoire encore, mais je ne vois que lui, pas de sac. Je cherche quelque chose pour qu'il revienne à nous.

— Comment est ton sac ? je demande.

Il se retourne vers moi, plein d'impatience :

— C'est un sac à dos noir en toile, les bretelles sont rouges et il y a une petite poche devant. C'est vraiment important que je le retrouve ! il répète.

J'essaie de le tranquilliser un peu, et lui assure qu'avec ce type de description, il est impossible qu'il m'échappe.

Il y a quelque chose de touchant chez ce gosse. Il ressemble à un oiseau blessé. Je le trouve différent, c'est son côté effarouché. Puis il y a sa voix, une drôle de voix très singulière, et ses grands yeux qui lui mangent son visage ovale. Et aussi cette manie qu'il a de donner des légers coups de tête à intervalles réguliers pour replacer quelques mèches rebelles qui lui tombent sur les yeux.

Je lui dis gentiment :

— C'est incroyable, George, comme tu ne fais pas ton âge, je veux dire, physiquement.

— Oui, je sais, il répond un peu agacé, on me le dit souvent.

J'ai encore dans la tête les images de ce jour épouvantable, celui où je l'ai trouvé allongé dans la neige, presque mort, et de l'intensité de l'horreur qui m'avait broyé le cœur. Maintenant, il est là, dans ce lit d'hôpital, avec sa jambe bandée, de laquelle dépassent des tiges métalliques. Ça m'a fait une sensation désagréable dans le ventre. Sans rien vouloir lui montrer de ce trouble qui me gagne, je commente en examinant sa jambe :

— Bon sang, ils ont fait un sacré beau boulot ! Ça n'a rien de comparable avec ce que je t'avais bricolé !

Il rit et je réalise que je ne l'avais pas encore entendu rire. Je ris avec lui et profite de cet instant pour lui donner le sac qui contient les sucreries que Martha a achetées. Il me remercie en esquissant un sourire et le pose sur le lit près de lui. Je constate avec surprise qu'il n'est pas pressé de découvrir son cadeau. J'ai envie de lui dire : « Tu ne regardes pas ce qu'il y a dedans ? » Mais je m'abstiens, je le laisse venir. De longues secondes s'écoulent sans que nous parlions, je nous sens empêtrés dans une sorte de gêne, et je n'ai aucune idée de ce que je dois faire ou dire, et ça me sidère.

Pour nous sortir de là, je tente laborieusement quelques questions sur la gentillesse du personnel soignant et sur la qualité de la nourriture. Il y répond brièvement, uniquement pour être poli, je le vois bien. Je comprends qu'il n'est pas utile d'insister ; après tout, il n'a pas demandé à ce que je lui fasse la conversation.

Je n'ai pas l'impression que ma visite lui fasse tant plaisir que ça ; je ferais peut-être bien d'y aller. Dans ma tête, c'est le néant. Je laisse mon regard vagabonder dans cette chambre sinistre et constate qu'il n'y a rien : rien à part son lit, sa table de nuit et le fauteuil sur lequel je suis assis. Il n'y a pas de télévision, pas de fleurs, pas de paquet de bonbons ou de biscuits, à part ceux que j'ai apportés.

Rien qui pourrait laisser entrevoir qu'avant moi, quelqu'un serait passé, et je me demande pourquoi. La question me brûle les lèvres. George me regarde du coin de l'œil, puis finit par ouvrir le sac. Il en sort quelques barres chocolatées et deux magazines aux couvertures triviales illustrées de photos de moto-cross. Il grimace.

Merde, de toute évidence Martha n'a pas fait le bon choix. Puis j'ose :

— T'aimes pas trop, hein ? je lui demande en souriant.

— Si, ça va, il répond, ça me fait plaisir.

Et je rajoute :

— Et les friandises, elles sont à ton goût ?

— Oui, c'est très bien.

Mais ce que j'entends sonne faux.

— Ce n'est pas grave. Si tu veux, je vais te chercher autre chose. Dis-moi ce qui te ferait plaisir.

Avant même qu'il ait eu le temps de répondre, une infirmière entre dans la chambre. Je me lève, et quand elle me voit, elle sourit et s'écrie :

— Bonjour !

— Bonjour, je réponds, puis je comprends qu'elle est venue pour les soins, alors je me dirige vers la porte en disant : Je vous laisse.

— Non, elle rétorque, ce n'est pas la peine, je venais juste voir si George avait besoin de quelque chose.

Le gosse la regarde et explique qu'il a un peu mal et qu'il veut bien un antalgique.

— Tu as mal comment ? lui demande l'infirmière.

George réfléchit quelques secondes, puis, voyant qu'il hésite, elle lui propose d'évaluer sa douleur sur une échelle de 1 à 10. George ferme ses grands yeux ciel d'été, puis articule doucement :

— Entre 7 et 8.

— Bien, répond l'infirmière, je vais te chercher ça.

Elle se retourne vers moi en exagérant son sourire :

— Vous êtes le papa ? elle demande.

Je n'avais pas envisagé qu'on puisse se poser la question, tellement on ne se ressemble pas. Il n'y a qu'à nous regarder pour voir qu'on n'a rien en commun.

Elle n'a pas vu combien j'étais grand et roux, et lui petit et brun ?

— Non ! je réponds d'une voix peu aimable.

— Ah, je croyais, elle dit, gênée.

George réplique aussitôt :

— Non, c'est le monsieur qui m'a trouvé.

— Ah ! fait l'infirmière en s'approchant de moi, un peu intimidée, c'est donc vous le sauveur ?

Elle me tend sa main pour que je la lui serre, ce que je fais par réflexe. Je n'ajoute rien et je sens bien que ça la laisse perplexe. Elle se retourne vers George en lui faisant un clin d'œil et sort de la chambre. De toute évidence, si elle m'a pris pour son père, c'est que le vrai – je veux dire, le père de George – n'est pas encore venu, et je trouve ça vraiment bizarre, parce que ça fait plusieurs jours qu'il est là, ce gosse.

Je veux en avoir le cœur net et je demande à George, l'air de rien :

— Au fait, tes parents sont venus te voir, George ?

Il fait une drôle de moue.

— Non, il dit, ils habitent à l'autre bout du pays, ce n'est pas possible pour eux de venir jusqu'ici, et il examine ses mains pour éviter mon regard.

— Ah, mince, tu as quand même pu les prévenir ?

— Oui, ils savent. J'irai les voir quand je sortirai d'ici, j'en ai encore pour quelque temps.

— Parfait, je dis, ils doivent être rassurés de te savoir sain et sauf.

Il ne répond pas. Quelque chose cloche. Dans ses yeux, je vois de grosses larmes prêtes à déborder. Je suis troublé et désolé, j'ai encore loupé une occasion de fermer ma gueule, je ne sais plus quoi faire pour rattraper le coup.

— Au fait, tu ne m'as pas dit, que veux-tu que j'aille te chercher ? Un livre, à boire, à manger ?

— Non, merci, c'est gentil, vous en avez déjà assez fait.

— Ça ne me dérange pas, j'insiste. Est-ce qu'il y a une chose qui te ferait envie ?

— Vous voulez bien me donner votre numéro de téléphone ?

— Ah ça ! je réponds, ça ne va pas être possible, je n'ai pas de téléphone, ni fixe ni portable.

Il écarquille les yeux, comme si ce qu'il venait d'entendre n'avait aucun sens.

— Quoi ? il fait, effaré, vous n'avez pas de téléphone ? Mais comment vous faites, alors ?

— Je fais très bien sans, je lui assure en esquissant un sourire.

— Mince alors, ce n'est pas de chance, vous allez faire comment pour me tenir au courant pour mon sac ?

Manifestement cette histoire de sac l'obsède, ce que je comprends, alors j'essaie de le rassurer comme je peux.

— Tu sais, le mieux, c'est que je te le rapporte une fois que je l'aurai retrouvé, ça te va ?

Il acquiesce d'un signe, mais à nouveau son visage est triste. Il murmure sans même me regarder :

— Mes papiers, mon argent, toutes mes affaires sont dedans, comment je vais faire ?

Et je rétorque :

— Si tu as besoin d'argent, je peux t'en donner un peu.

Mais il refuse en secouant la tête.

— Comme tu veux. Et sinon, tes amis sont venus te voir ? Tu as de la famille dans le coin ?

— Non ! il répond sèchement. Ici, je ne connais personne. Quant à ma famille, je vous l'ai déjà dit, elle est loin, et c'est très bien ainsi. Je n'ai pas besoin d'eux, et de toute façon, ils se contrefichent de moi. Maintenant, si ça ne vous ennuie pas trop, j'aimerais vraiment qu'on évite le sujet.

Puis il plante son regard dans le mien pour s'assurer que, cette fois-ci, le message est passé. Décidément, j'ai tout faux avec lui. Je ne sais pas m'y prendre.

— Excuse-moi, bonhomme, je lance, embarrassé, je ne voulais pas être indiscret.

— OK, il murmure, ce n'est pas grave, vous ne pouviez pas savoir, et il se met à feuilleter distraitement un des magazines.

Je suppose que ce soudain intérêt pour le moto-cross signifie simplement qu'il est temps que je disparaisse. C'est sa façon à lui de mettre un terme à ma visite. Ça me fait comme un pincement au cœur.

Je serre les mâchoires. Je me lève en lui disant que je vais le laisser se reposer, que je le tiendrai au courant pour son sac. Il me remercie de sa petite voix frêle. Je n'ose pas un geste amical, je réponds juste un truc con du genre :

— Pas de quoi ! À bientôt !

Au moment où je vais partir, l'infirmière revient avec l'antalgique, nous nous saluons, puis je quitte rapidement la chambre, je reprends l'ascenseur, traverse à grands pas l'atrium. Je suis pressé de quitter les lieux.

Je rejoins le parking pour y attendre Martha.

Bon sang, ça m'a demandé un effort colossal de venir ici. J'avais imaginé qu'après lui avoir rendu visite, je me sentirais mieux, apaisé, mais sans illusion. L'illusion aurait été de croire que George me touche au point que je m'attache et que je découvre un début de sentiment d'affection pour lui. Alors qu'en fait, c'est tout le contraire. Et c'est la raison pour laquelle je suis tendu.

Je n'avais pas envisagé les choses de cette façon, je veux dire, cette déception qui provoque cette colère, au point de regretter d'être venu et de penser qu'en réalité, celui que j'aurais voulu sauver ce jour-là, ce n'était pas George, mais mon fils.

Et cette putain de pensée, comme l'aiguillon venimeux d'une guêpe, s'est plantée dans un coin de mon cerveau sans que je m'en rende compte.

Je ferme les yeux pour m'abstraire de cet enfer dans lequel je n'en finis plus d'errer, avec l'espoir fou, je dis bien fou, qu'un jour je réussirai à m'habituer à l'absence de Tom.

Voilà, je suis venu prendre des nouvelles, et après ? Après rien. Il n'y a rien, j'ai fait ce que je devais faire et ça s'arrête là. Il ne me reste plus qu'à retrouver son sac et ensuite j'en aurai vraiment fini avec lui.

Au loin, j'aperçois la voiture de Martha qui avance dans ma direction. Elle a passé son bras par la fenêtre et me fait de grands signes. Et au fond de moi, je ressens comme un grand soulagement.

On est arrivés au chalet à l'heure d'entre chien et loup. J'ai remercié Martha pour cette journée et pour sa gentillesse, et je l'ai laissée partir. Je sais, j'aurais pu lui proposer de prendre un verre, ou quelque chose du genre, mais je ne l'ai pas fait. Ce n'est pas par manque d'envie, non, parce qu'au fond, j'aurais bien voulu passer encore un peu de temps avec elle, mais il y avait cette idée qui tournait en boucle dans ma tête : retrouver ce fichu sac et ne plus entendre parler de George.

Je ne pouvais plus attendre. Il y avait cette urgence à me débarrasser de cette histoire qui me renvoyait sans cesse à la disparition de Tom, ça faisait remonter la colère et le chagrin. Et l'impuissance aussi.

Je sais, George n'y est pour rien, mais je lui en veux d'être venu se perdre dans cette montagne, et je m'en veux aussi d'être passé par là ce fameux jour, parce que depuis, chaque seconde, chaque minute est un calvaire.

Depuis, tout me revient en pleine figure avec une violence que je n'imaginais pas, et maintenant je me demande ce que je vais faire de toute cette vie qu'il me reste, sans Tom et sans Nina. Sans eux, ça ne veut rien dire, ça n'a plus de sens. Et je sais que le monde s'en fout, et au fond, il a bien raison, parce que tout ce merdier, c'est mon œuvre. Et tant pis pour moi si je déguste du soir au matin.

Ce n'est pas la peine de se raconter des histoires, j'ai échoué. Je n'ai pas réussi à devenir ce père que je rêvais d'être pour Tom, j'ai juste été capable de l'insulter. Tout ça pour une connerie de téléphone portable. Je lui aurais acheté son téléphone s'il n'avait pas été si pénible, c'est vrai, on y avait pensé avec sa mère, puis on ne voulait pas non plus qu'il se sente moins bien loti que ses copains. Je sais combien les gosses sont cruels entre eux. Mais à force d'insister, de mal se conduire et avec sa façon d'exiger comme si tout lui était dû, il m'avait fait sortir de mes gonds. Pourtant, l'adulte c'était moi ; j'aurais dû donner l'exemple et faire preuve de calme. J'aurais pu le raisonner, lui parler doucement, lui expliquer les choses. Au lieu de ça, j'ai hurlé. Je me suis aperçu, après coup évidemment, que j'agissais exactement comme mon père avec moi. Je lui ai gueulé dessus. Et je regrette. Mais c'est trop tard, le mal est fait et mon fils n'est plus là.

Alors, ma souffrance, je la mérite et il est inutile de me trouver des excuses, parce que je n'en ai pas. Mais lui, mon Tom, mon garçon, je supplie pour qu'il ne lui soit rien arrivé. Cinq ans. C'est comme si c'était hier. Ce jour, je pourrais presque le toucher du doigt tellement il me semble proche, mais il suffit que je tende la main pour qu'il s'éloigne.

Je rêve souvent de ce matin, et dans mon rêve, ça ne se passe pas de la même manière : il embrasse sa mère, attrape son sac, sourit, et dit :

— À ce soir, p'pa !

Et moi, je lui rends son sourire en lui ébouriffant les cheveux, et je lui lance :

— Bonne journée, mon garçon, j't'aime.

Et il s'en va. Et quand je me réveille et que je réalise que ce n'était qu'un rêve, souvent, je me mets à chialer.

— C'est juste une fugue, avait dit le policier en remplissant la fiche de signalement. Il va revenir, à cet âge-là, c'est fréquent, ils quittent la maison et, quelques jours plus tard, ils réapparaissent comme si de rien n'était. Il va revenir, il répétait, ça arrive tous les jours, ne vous inquiétez pas.

— Vous êtes sûr ? avait demandé Nina, la voix pleine de sanglots.

— Mais oui, il avait répondu, c'est souvent comme ça que ça se termine.

Alors, on a pris ses mots pour vrais et on est rentrés à la maison.

Les jours qui ont suivi, on restait dehors jusqu'à tard dans la nuit, juste pour être là, prêts à l'accueillir et lui montrer qu'on n'était pas fâchés, que tout serait pardonné et que tout redeviendrait comme avant. On en a passé des nuits dehors, accrochés l'un à l'autre, à l'attendre, mais Tom n'est jamais rentré.

Cinq ans. Une fugue ne dure pas cinq ans. Ou alors, il a fait une mauvaise rencontre, peut-être qu'il a été enlevé, séquestré, assassiné… Et là, je me force à arrêter de penser, parce que déjà, je ne peux plus respirer, je sens le sang cogner contre mes tempes, ça me fait comme un vertige, toutes ces images d'horreur qui m'arrivent.

Moi qui ne crois pas en Dieu et qui ne supporte pas les gens d'Église, je me surprends à prier, et je prie de tout mon cœur, de toute mon âme. Je hurle à m'en briser la voix et je regarde la lune et les étoiles. Et qui sait ? Peut-être, que là, enfouie dans les chairs sombres du ciel, demeure une créature qui pourrait m'entendre. Alors, je supplie, j'implore :

— Faites qu'il ne lui soit rien arrivé. Je jure à cet instant que j'accepterai sans broncher qu'il ne veuille plus nous revoir, je veux juste avoir la certitude qu'ailleurs, il est bien et, malgré tout, heureux.

Ce qui me rend dingue, c'est de ne pas savoir. Il est là, le supplice. Il faudrait que j'arrête de penser une bonne fois pour toutes, seulement je n'y arrive pas. L'ultime solution serait que je place le canon de mon fusil sous mon menton : un coup et tout serait terminé. Ce n'est pas que je manque de courage pour le faire, non, ce n'est pas ça, c'est l'espoir de son retour qui me retient. Alors, je continue, j'attends et j'espère, il ne me reste que ça.

J'ai changé de vêtements, j'ai aussi rangé rapidement les quelques provisions achetées en ville avec Martha. Ensuite, j'ai préparé mon sac, accroché mes raquettes pour avancer plus facilement dans les zones très enneigées, j'ai aussi pris ma lampe frontale et mon fusil. Le fusil, c'est au cas où je ferais une mauvaise rencontre. Fureter dans cette montagne, dans cette sauvagerie en pleine nuit, c'est aller au-devant du danger, je le sais. Malgré les risques que j'encours, rien ne me fera changer d'avis. Je ne peux pas rester là, à guetter que le jour se lève enfin pour me mettre en route. Plus rien n'a d'importance que la nécessité de retrouver le sac de George.

Ce n'est pas un problème pour moi, de partir comme ça dans la nuit, je l'ai souvent fait, mais je le faisais pour Tom. Pour lui, je pouvais marcher de longues heures, juste à la lueur de ma frontale. Qu'il vente, qu'il pleuve, peu importe, marcher pour Tom me rendait invincible, je n'avais peur de rien ni de personne. Je me souviens qu'une des toutes premières fois, je m'étais entêté à continuer. On n'y voyait rien – à l'époque, je n'avais pas tout le matériel et il n'y avait pas assez de lune pour me guider dans cette noirceur. Du coup, j'avais fini par me perdre et j'avais dû patienter, caché dans une cavité, que l'aube se lève pour me repérer et repartir.

Là, c'est différent. Non seulement j'ai l'expérience, mais je sais aussi où je vais. Et puis, ce territoire, je l'ai arpenté tant de fois que lui et moi, on s'est en quelque sorte apprivoisés, on commence à bien se connaître. Le seul truc, c'est que d'habitude, quand je pars marcher, c'est pour mon garçon. Ce soir, je n'y vais pas pour les mêmes raisons et ça me met de mauvaise humeur. J'ai l'avantage que le temps est stable, pas de vent, pas de neige, les sentiers seront praticables.

Je me mets en route en prenant la direction sud-est. Ce n'est pas compliqué : il me suffit de descendre, toujours, jusqu'à ce que je passe l'éboulement qui a enseveli une partie du vieux pont, celui qui enjambe la rivière. Ensuite, je longerai la clairière jusqu'à atteindre la pente rocheuse, puis je m'enfoncerai dans la forêt vers la cabane abandonnée. C'est juste avant le sentier abrupt qui mène au vieil affût de Dick. Et là, je ne serai plus très loin.

J'ai beau connaître l'endroit, j'avance tout de même avec prudence, parce que le sol est capricieux. Une simple erreur de ma part et c'est la chute. Et ce serait vraiment idiot que je me blesse pour une connerie de sac perdu. Je me souviens des mots de Dick quand il nous arrivait de suivre ensemble les lignes de trappe. Dick, en plus d'être un incroyable trappeur, connaît cette montagne mieux que personne ; elle n'a aucun secret pour lui. Souvent, alors qu'on s'apprêtait à poser quelques collets, il disait qu'il ne fallait pas se fier au calme qui nous entoure, qu'il fallait rester sur nos gardes et ne jamais oublier que la montagne est un territoire habité, impitoyable et changeant. Ses caprices sont aussi nombreux que ses sommets et, jusqu'ici, personne n'a pu la dominer, car c'est une déesse géante, mouvante et exigeante. Malheur à celui qui oserait la défier.

Il était poète à ses heures, Dick, et quand je le lui faisais remarquer, il se marrait comme un gosse. C'est le genre d'homme avec qui on a envie d'être ami. Malgré son âge et les rides grosses comme des entailles qui lacèrent son visage, ce qui brille dans ses yeux est intemporel. C'est un chic type, avec un cœur immense comme cette montagne. Des types comme ça, il en faudrait plus dans le monde, c'est sûr. J'aimerais bien le revoir, et maintenant qu'il est de l'autre côté du col, près du lac, je pourrais peut-être y emmener Martha. Je lui dois bien ça, après tout, parce que là-bas, les paysages sont à couper le souffle. Et soudain, je réalise que tout ça me donne un but, et ça me déclenche une drôle de sensation dans le ventre. Un truc plutôt joyeux, que j'étouffe aussitôt, parce que le temps n'est pas aux rêveries.

Ici, des habitations, il y en a peu, c'est trop loin de tout. Il n'y a que des trappeurs ou des gars qui ont décidé de rester là parce que leur père et leur grand-père y vivaient déjà, et à part eux, t'as peu de chance de voir du monde en dehors des bêtes sauvages. J'ai eu le loisir d'en croiser quelques-unes et je n'ai pas toujours fait le malin. Il y a eu ce jour où j'ai rencontré un ours. Je n'en avais jamais vu d'aussi près. Une sacrée bestiole qui se tenait devant moi, dressée sur ses pattes arrière. Il grognait et balançait sa tête de gauche à droite. J'ai vite compris que ça n'avait rien d'amical. J'ai armé mon fusil et l'ai pointé sur lui. À ce moment-là, j'ai pensé : *Il ne faut pas que tu le loupes, parce que lui, c'est sûr, il ne te loupera pas.*

Nous sommes restés de longues secondes à nous jauger. Il devait sentir ma peur, parce que cette trouille-là, je la suais à grosses gouttes. J'ai tiré un premier coup en l'air, juste pour lui mettre la pression avec l'espoir que ça le fasse fuir. Je ne voulais pas le tuer, du moins pas tout de suite. S'il avait chargé, j'aurais certainement réagi, mais là, c'était différent, il ne bronchait pas. Il paraissait vieux, mais je restais quand même sur mes gardes. J'étais conscient que j'avais franchi une ligne invisible : il était chez lui et l'étranger, dans l'histoire, c'était moi. J'ai tiré un deuxième coup, mais ce salopard ne cédait pas. J'ai dû vider cinq cartouches avant qu'il se décide à foutre le camp. J'ai eu de la chance, et lui aussi, sans doute. Il aurait pu tomber sur un tordu comme il en vient de la ville, des types armés jusqu'aux dents qui tirent sur tout ce qui bouge.

En tout cas, si George avait croisé l'un d'eux, aujourd'hui il ne serait plus de ce monde, et moi je ne serais pas là comme un con à chercher son sac.

Ce n'est pas la nuit qui pose problème, non, mais plutôt cette sensation étrange qui me met mal à l'aise, comme si l'atmosphère était chargée de tension. Je me retourne pour être sûr que je suis seul. Et je suis seul, dans cette nuit, dans cette neige, dans cette montagne, seul. Puis je réalise que cette tension, en fait, elle est en moi, et se greffe à elle l'idée que peut-être je ne retrouverai pas son sac. Déjà, je sens monter de mon ventre un début de colère et cette colère, il faut que je la contienne, parce que dans ces moments-là, quand t'es plus à ce que tu fais, il peut se produire n'importe quoi. Bizarrement, je n'ai pas pensé que je pouvais croiser une bête sauvage, ou un fou violent en cavale. Non, c'est ce putain de sac qui occupe mes pensées. *Bretelles rouges, sac noir,* je répète dans ma tête.

À cet instant, j'ai le sentiment d'être comme ces pauvres gars qui, quoi qu'ils fassent, accumulent et subissent tous les emmerdements possibles sans pouvoir rien y faire. Et ce que je ressens n'est pas bon à dire.

Comme tout bon chasseur qui se respecte, je reste quand même attentif au moindre souffle de vent. Le plus léger frémissement peut déclencher en moi une réaction instinctive ; je m'arrête net et je scrute les ténèbres à la recherche d'un infime signe de vie nocturne : un battement d'ailes ou le chuintement de la course d'un lièvre… Et puis, le silence retombe, épais et pesant. Il n'y a que le crissement de la neige sous mes bottes et mon souffle court.

À présent, je ne suis plus très loin. Je dévale tranquillement le sentier jusqu'à l'affût de Dick. Je contourne la roche plate et voilà, j'y suis. Même si la nuit chamboule le décor, je reconnais tout de suite l'endroit. On n'y voit pas grand-chose, mais avec ma frontale, je suis certain d'y arriver. Il faut juste être attentif et, surtout, ne pas m'impatienter. Alors, je me mets à chercher, à fouiller pendant de très longues minutes, et franchement, je suis à deux doigts de rebrousser chemin, quand, soudain, coincée entre un bout de roche et une vieille souche, j'aperçois ce qui doit être une des sangles rouges du fameux sac à dos. Je laisse échapper un soupir de soulagement. Voilà, je me dis, c'est exactement comme je l'avais imaginé : dans sa chute, son sac a roulé et est venu se loger là. Caché comme il l'était, il m'aurait été impossible de le remarquer le jour dit. Et je suis presque sûr que le gamin ne l'avait pas sur son dos au moment de tomber ; il devait le tenir à la main. Enfin, je crois.

Ce n'est pas un sac à dos de randonneur, non, il est plutôt petit et ressemble davantage à ces sacs qu'ont les jeunes pour aller au collège. Tom en avait un dans le même genre. Par chance, il est en toile imperméable, ce qui a protégé ses affaires de l'humidité. En plus d'un K-Way et d'autres bricoles, dans la petite poche intérieure, il y a de l'argent, son téléphone et ses papiers. Il m'a suffi d'ouvrir son portefeuille pour découvrir son nom. Quant à son âge, sa carte d'identité ne peut pas mentir, il a bien dix-neuf ans.

L'adresse postale confirme ce que George m'a dit à l'hôpital : il vient de loin, de l'autre bout du pays, du Sud. Un gars avec qui j'ai bossé un temps à la scierie m'avait raconté que là-bas, il ne pleut jamais. Que la terre porte les stigmates d'une sécheresse rude et interminable, que les arbres sont décharnés, fissurés par la soif. Qu'on les entend craquer, gémir. Il disait que, sur les routes, à cause de la canicule, le bitume se liquéfie et que ça charge l'air déjà brûlant d'effluves âcres de goudron. Et les jours de grand vent, les bourrasques soulèvent des nuées de poussière qui recouvrent tout. « L'enfer, il disait, ça existe, j'en viens. » Il ne pouvait plus supporter d'assister à l'agonie de sa terre. « Là-bas, il disait, là-bas, rien ne pousse. Tout crève. Et ceux qui restent finiront eux aussi par crever. » C'est la raison pour laquelle il avait abandonné sa ferme. Il avait vendu les quelques bêtes qui avaient miraculeusement survécu pour venir s'installer chez nous, dans le grand nord. Et même s'il avait encore du mal à s'habituer au froid d'ici, il disait qu'il préférait encore crever de froid plutôt que de retourner dans cette fournaise.

Voilà, maintenant j'en sais plus sur George et d'où il vient. Il est temps que je rentre.

Sur le retour, je pense que, malgré sa petite figure, ce gosse ne manque pas de caractère. Et qu'avec son air de ne pas y toucher, il a quand même eu le cran de s'aventurer dans un lieu qui ne lui est pas du tout familier. En fait, tout ici est à l'opposé de chez lui. Alors, même si je le juge imprudent, voire arrogant, d'avoir risqué sa vie dans des circonstances aussi dangereuses, je ne peux pas ignorer son courage. Il devait avoir de sacrées bonnes raisons de fuir sa vie et sa famille pour venir se perdre dans nos contrées. Je me demande aussi depuis combien de temps il parcourt les routes, combien de temps il a mis pour arriver chez nous. Est-ce que lui aussi a fugué ?

*

Assis dans mon fauteuil, je fixe le petit sac à dos noir posé sur la table comme s'il s'agissait d'un trophée. Ce qui est certain, c'est qu'il incarne la fin d'un problème, et de ça, je ne suis pas mécontent.

Quand on est revenus de la ville, Martha m'a demandé comment s'était passée mon entrevue avec George. J'ai simplement répondu aux questions sans m'aventurer plus loin. Étrangement, elle n'a pas cherché à en savoir davantage. Pourtant, elle devait sentir que quelque chose n'allait pas. Je me connais, quand je suis contrarié ça se voit sur ma gueule, je n'ai jamais pu cacher la moindre émotion. À un moment, on s'est arrêtés parce que Martha devait faire le plein d'essence, alors j'en ai profité pour remplir mes deux jerricanes, parce que chez moi tout fonctionne avec le groupe électrogène.

J'ai fait quelques provisions aussi, et on s'est posés dans un rade pour manger un bout.

C'est pendant notre déjeuner que je lui ai fait part de mon intention de retrouver rapidement le sac, et je lui ai demandé si elle accepterait de le lui rapporter. Je ne voulais pas attendre le week-end d'après, puis j'avais du boulot et je ne pouvais pas m'absenter comme ça, Paul avait besoin de moi. Sa réponse m'a soulagé.

Il se trouve qu'elle devait revenir en ville pour acheter de quoi s'aménager une chambre noire. Là-dessus je n'ai trop rien dit, parce qu'en vérité, avant qu'elle m'explique que c'était une pièce spéciale pour y développer ses photos, j'avais imaginé autre chose et j'avais trouvé ça plutôt curieux. Ensuite, elle m'a demandé quand je pourrais lui consacrer un peu de temps pour lui montrer les recoins de la montagne. J'ai pensé qu'elle avait de la suite dans les idées, et ça m'a plu. Je lui ai proposé le dimanche d'après. Elle semblait ravie. À vrai dire, je l'étais aussi.

Finalement, pour le sac de George, dans l'hypothèse où je le retrouverais, nous avons convenu que je le remettrais dès lundi à Paul, chez qui elle pourrait aller le récupérer.

*

Je remets quelques bûches dans le poêle, puis je déploie la carte sur la table avec un sentiment de joie. Avec mon doigt, je longe le tracé qui serpente vers le lac. J'entoure au crayon l'emplacement de mon chalet qui sera notre point de départ. Puis, doucement, je suis les courbes sinueuses de la route sur le papier, avant de tracer une ligne qui traverse les collines et atteint le col. Je la prolonge au-delà des reliefs, jusqu'à la petite tache bleutée qui représente le lac. Avec la motoneige de Paul, et en s'arrêtant souvent, il nous faudra bien une journée pour l'aller et une pour le retour, sans compter le temps sur place. Si Dick est là, je sais qu'il nous hébergera avec plaisir – ce n'est pas tous les jours qu'il a de la visite. Sinon, il y a un refuge un peu plus loin, et lui aussi donne sur le lac, on pourra y passer la nuit. Enfin, si elle est toujours d'accord.

Je ne m'explique pas les raisons qui m'ont poussé à me lever en pleine nuit pour aller fouiller ce sac. Une véritable obsession... J'avais beau me tourner et me retourner dans mon lit, il m'était impossible de la chasser de ma tête. Ça m'a fait penser à ces mouches qui, en été, alors que tu dégoulines de sueur, s'obstinent à te tourner autour dans le seul but de venir te sucer la peau. T'as beau essayer de les chasser, rien n'y fait, elles persistent inlassablement. N'y tenant plus, je me suis levé et j'ai vidé sur la table tout ce qu'il contenait.

En dehors de ce que j'avais déjà découvert sur place, j'ai trouvé deux petits cahiers à la couverture noire. J'ai hésité un moment avant de les feuilleter, parce que là, évidemment, il était question d'intrusion dans sa vie privée. J'ai attendu quelques secondes, puis j'en ai ouvert un.

L'écriture était soignée. C'étaient des couplets courts, composés de trois lignes chaque fois, dont le sens, je l'avoue, m'échappait pour la plupart. J'ai imaginé qu'il s'agissait de pensées posées là, en vrac, ou de débuts de chansons. Ça ressemblait peut-être à de la poésie, mais je ne suis pas sûr, car la poésie, ce n'est pas vraiment mon truc. Tout ce qui touche à la littérature, c'est plutôt le domaine de Nina. J'étais certain que ces vers n'auraient eu aucun secret pour elle. Pour ma part, je n'ai jamais été attiré par tout ça, ni par l'idée de passer des heures assis à lire. Ce n'est pas faute d'avoir essayé, mais au bout d'un quart d'heure, ça me faisait comme des fourmis dans les jambes. Il fallait à tout prix que je bouge et que j'occupe mes mains. Je me souviens combien ça désolait Nina.

J'ai continué de parcourir les petites pages noircies de ces mêmes bouts de phrases. J'y voyais des cris silencieux couchés sur le papier.

En en lisant un, il m'a semblé comprendre que ça racontait son pays :

Vent chaud sur ma terre,
Sable danse et pique mes yeux,
Enfer en mouvement.

Ça m'a fait quelque chose de lire ça. Sûrement parce que j'imaginais ce petit bonhomme, perdu, en fuite, écrire ces lignes. Ça m'a ému jusqu'aux larmes. J'ai arrêté de lire et j'ai continué de chercher, sans trop savoir ce que j'allais trouver.

Au milieu d'un carnet, il y avait une photo sur laquelle posaient deux gamins, dont l'un, plus petit, ressemblait étrangement à George. Ils se tenaient à côté d'une jeune femme, peut-être leur mère. Tous les trois étaient appuyés contre un vieux tracteur qui semblait pourrir sur place. Derrière eux, on devinait une ferme délabrée.

La terre était rouge, recouverte de buissons séchés portés par le vent, ce qui créait un contraste incroyable avec le ciel au-dessus. Et ce ciel, il était aussi bleu que les yeux de George. Il y avait aussi un silo à grains en arrière-plan, grand et cylindrique, à la structure métallique complètement rouillée. À côté, un moulin à vent dont les grandes pales en métal devaient tourner doucement sous l'effet du vent. On aurait presque pu entendre leur cliquetis régulier.

Je l'ai retournée, mais au dos, il n'y avait rien d'inscrit. J'ai replacé la photo au milieu du cahier.

Il y avait aussi un livre, j'ai tout de suite reconnu la couverture : *Croc-Blanc* de Jack London, exactement comme celui que mon père m'avait offert pour mes quatorze ans. Je me souviens l'avoir lu d'une traite, et c'est à la suite de cette lecture que j'ai eu envie d'avoir un chien. L'envie, mon père me l'a vite fait passer, mais ça, je crois que je l'ai déjà dit.

Entre les pages, il y avait une feuille qui dépassait un peu. Elle était pliée en quatre. À l'intérieur, étaient notés le nom et les coordonnées d'une pension familiale à Kyoto. Ce gosse, j'ai pensé, ce gosse est vraiment plein de surprises et je me suis dit que, parti comme c'était parti, enfin, s'il continuait à jouer les casse-cou, ce n'était pas demain qu'il verrait le Japon. J'ai souri, en me disant que c'était bien que ce môme ait des rêves, et au fond, la seule chose que je lui souhaitais, c'était qu'il puisse les réaliser un jour. Et j'ai pris conscience de ce que j'étais en train de faire et je me suis senti un peu minable, alors j'ai replié soigneusement la petite feuille et l'ai remise dans le bouquin. J'ai rassemblé toutes les affaires que j'avais éparpillées sur la table et les ai replacées dans le sac.

En le refermant, j'ai décidé que j'irais moi-même le lui remettre, tout comme je le lui avais promis. C'est important de respecter les promesses que l'on fait.

Je regrettais déjà d'avoir demandé à Martha de s'en charger, elle n'avait rien à voir avec ça. C'était à moi de le faire et à personne d'autre.

Par associations d'idées, l'image du 4 × 4 de Mike m'est revenue à l'esprit. Cette bagnole, maintenant, il me la fallait. Je savais qu'elle était disponible, qu'elle n'attendait que moi, j'avais déjà mis de côté la moitié de la somme qu'il en demandait. L'affaire pourrait être conclue rapidement.

*

Ce matin, Paul arrive de bonne heure. Il a l'air pressé, alors on fait l'impasse sur le café que j'ai mis à chauffer en l'attendant. Je trouve ça bizarre parce que nous ne sommes pas en retard. Ça sent le problème. En ajustant mon casque je lui demande :

— Ça va ?

Il fait oui de la tête, et c'est tout. Ça me fout un coup, parce qu'il a cette même figure que le jour où il a appris la disparition de Tom. Mais je ne dis rien. Je monte derrière lui, et nous prenons la route. La même, avec les pistes qui s'élargissent quand nous quittons les sentiers escarpés. Je remarque que Paul ne pousse pas son petit cri de joie au moment où il met les gaz. Et toujours, partout autour de nous, ces forêts gigantesques d'épicéas et de mélèzes qui s'étendent démesurément sur les flancs des montagnes. Il ne chante pas non plus devant cette beauté offerte. Nous longeons la petite rivière argentée, et à l'orée du bois, j'aperçois un cerf dont la ramure semble avoir au moins une dizaine de cors. Il faut que je vienne pister dans le coin, ça fait longtemps que je n'ai pas tiré un gibier autre qu'un lièvre. Et là, encore, la voix de Paul n'essaye pas de couvrir les vrombissements du moteur pour me dérouler le programme de la journée. C'est simple, il ne décroche pas un mot de tout le trajet.

Quand nous arrivons au camp, les gars nous attendent, rassemblés autour du brasero à boire leur café. Je suis Paul dans la cabane pour l'aider à sortir les tronçonneuses et tout le reste. Ensuite, il briefe rapidement tout le monde sur la journée de coupe qui nous attend. Je sens dans son ton comme une impatience. Son attitude trahit une sorte de contrariété, c'est palpable. Du coup, personne ne moufte. On s'équipe tous et on se met en route vers la parcelle.

La matinée se passe sans qu'aucun problème ne vienne interrompre notre rythme de coupe. Les mecs se tiennent à carreau et aucun d'entre eux, pas même le Polonais, ne prend de risques inutiles. Alors, à l'heure de la pause, je me dis que ce serait sûrement une bonne idée de me rapprocher de Paul. Peut-être qu'en avalant nos casse-croûte ensemble, il se laisserait aller plus facilement à me parler. L'idée n'est pas de le brusquer, ça n'arrangerait pas les choses. Non, je veux juste comprendre ce qui le met dans cet état.

Il a dû me voir venir, parce que quand j'arrive à sa hauteur, il fait immédiatement demi-tour en prétextant des problèmes à régler de toute urgence. Je me retrouve comme un con à me demander ce que j'ai bien pu faire ou dire pour qu'il réagisse comme ça. L'idée de lui courir après et de lui demander une explication me traverse l'esprit, mais à quoi bon ? Alors, je retourne dans mon coin et avale mon déjeuner adossé à un résineux. Soudain, je me souviens que, ce week-end, ils étaient chez les parents de Katy. Sûrement qu'il y a eu du grabuge à cause du père de Katy. Paul m'a confié un jour qu'avec lui, c'était toujours compliqué. C'est le genre de type qui cherche des problèmes là où il n'y en a pas. Sans compter qu'il ne voit pas d'un très bon œil que sa fille unique se soit acoquinée avec un type comme Paul, ce qui a sans doute dû créer des tensions entre eux, ou alors il s'agit de tout autre chose. Mais quoi ? Je ne peux pas m'empêcher de dérouler un bon nombre de scénarios, tous plus sombres les uns que les autres. Jusqu'à ce que je réalise que tout ça ne sert à rien. Je le saurai bien assez tôt, et pour chasser cette anxiété qui me colle depuis le matin, je me mets à envisager le week-end au lac avec Martha.

Je commence par établir mentalement une liste complète du matériel indispensable pour notre expédition, tout en essayant de me souvenir des endroits particulièrement beaux, comme ceux où, au petit matin, des nuances de lumière incroyables se reflètent sur les eaux calmes du lac. C'est un spectacle, ce bleu, ce rose et ce doré qui se déploient sur les ondes, c'est vraiment joli.

Il ne nous reste plus qu'à espérer que la météo soit de notre côté. Cette perspective m'apporte un peu de joie. Et de la joie, ça fait longtemps que je n'en ai pas ressentie.

Soudain, l'image de Nina me vient à l'esprit et j'imagine toute la merde qui pourrait circuler si on nous voyait, Martha et moi, dans cette montagne. Ceux d'en bas adorent se nourrir de ragots, ils en rajoutent souvent, et ça les excite de balancer des saloperies. Je sais qu'ils se délectent de ce genre de rumeurs, qu'ils déforment juste pour satisfaire leur petit plaisir sadique. Ils n'ont que ça pour combler leur misérable existence. S'il ne s'agissait que de moi, ça ne me poserait pas de problème, parce que quand ils me voient débarquer avec toute ma hauteur et mes bras musclés, y en a pas un qui l'ouvre. En vérité, c'est pour Nina que j'ai peur, à cause de ce qu'elle endure depuis… Et tout naturellement, j'en arrive à me dire que tout ça, le lac, la randonnée, n'est peut-être pas une bonne idée. Et la joie se dissipe.

Vers dix-sept heures, Paul nous fait signe de couper les moteurs et de rebrousser chemin vers le camp. Malgré tout, la journée a filé sans que je m'en rende compte. Nous rangeons rapidement les tronçonneuses et le matériel. Paul demande à Franck de gérer les jerricanes d'essence pour le lendemain matin. Ensuite, il m'invite à le suivre à l'écart des autres. Aussitôt, je l'interroge en le fixant :

— Qu'est-ce qui se passe ? J'ai fait un truc qui ne va pas ?

Il a l'air gêné, avec une drôle d'expression sur le visage. Ça sent mauvais. Il répond :

— Non, ce n'est pas ça, t'as rien fait. Écoute, le mieux, c'est que je te raccompagne, je t'expliquerai tout ça chez toi, OK ?

— Comme tu veux, je dis, dérouté.

Puis je me rassure en songeant que si ça peut attendre qu'on soit chez moi, c'est que ce n'est pas si grave. Alors, on salue les gars et on quitte le camp.

Aux abords des pistes, les arbres défilent à toute vitesse. Étrangement, je ne ressens rien, comme si quelque chose en moi s'était endormi. Comme si mon cerveau s'était mis en veille pour qu'aucune pensée ne m'arrive. Il y a juste les vrombissements du moteur qui semblent émerger de l'obscurité croissante et ponctuent le calme de leurs notes vibrantes. Dans ce moment suspendu entre le jour et la nuit, je fixe les faisceaux lumineux des phares qui nous précèdent. Ils ouvrent le chemin devant nous et produisent des ombres qui s'étirent et s'entrelacent aux silhouettes des arbres.

Nous arrivons chez moi. Paul gare sa motoneige.

Je mets en route le poêle, comme je le fais tous les soirs.

Paul s'assoit à la table et demande :

— T'as un truc à boire ?

— Regarde dans le frigo, il y a des bières.

Il se lève, en sort deux et se rassoit. Je souffle doucement sur les braises pour que le feu prenne, puis je le rejoins. Il a l'air ailleurs, perdu dans ses pensées.

— Qu'est-ce que tu as ? je lance, inquiet.

Il lève la tête, il est blême. Je fronce les sourcils et lui dis sur un ton agacé :

— Tu vas me dire ce qui se passe, à la fin ?

Il porte la bouteille à ses lèvres, la vidant de moitié comme s'il cherchait à se donner du courage, puis il lâche :

— Écoute, c'est compliqué… C'est à propos de Nina.

— Quoi, Nina ?

Il y a comme une détonation dans ma poitrine.

— Hein ? Quoi, Nina ? je répète. Il lui est arrivé quelque chose ?

— Non, il dit en joignant ses mains. Attends, laisse-moi parler.

D'un geste lent, il sort une grande enveloppe Kraft de sa sacoche et me la tend.

— Tiens, il dit, mais avant de l'ouvrir, écoute-moi, laisse-moi aller jusqu'au bout, OK ?

J'acquiesce d'un hochement de tête et pose l'enveloppe sur la table.

— Très bien, vas-y, je t'écoute.

Il est de plus en plus nerveux, sa jambe gauche sautille avec une frénésie incontrôlable et sa voix s'étrangle par moments dans sa gorge. Enfin, il parle :

— On revenait de chez les parents de Katy. Comme on passait par la ville, Katy a décidé d'appeler Nina pour prendre de ses nouvelles. Et Nina nous a demandé si on pouvait passer la voir avant de remonter. Elle insistait vraiment, alors on s'est arrêtés chez elle. C'est là qu'elle nous a expliqué que, depuis quelques mois, il y a quelqu'un d'autre dans sa vie. Qu'elle n'avait pas trouvé le courage de t'appeler pour te le dire, ni réussi à te l'écrire. Quant à monter jusqu'ici, pour elle, c'était impossible, à cause de Tom et de tous les souvenirs. Elle a dit que tu comprendrais. Puis elle nous a remis cette enveloppe.

Il la désigne d'un geste furtif de la main avant de reprendre :

— Là-dedans, c'est l'argent que tu lui as envoyé tous les mois. Elle nous a dit que cet argent, il est à toi, et elle veut que tu le gardes. Elle a dit aussi que si tu voulais, tu pouvais venir, que tu l'appelles avant, mais qu'elle serait là si tu avais besoin de parler. Qu'elle serait là pour t'expliquer, pour t'écouter.

Il marque une pause, puis il ajoute :

— Vraiment, Abel, si tu savais comme je suis désolé, tellement, bon sang.

Et sa voix tremble un peu.

D'un coup, tout devient noir, comme si je venais de me prendre une poutre en pleine gueule. Je suis sonné. J'avais imaginé mille scénarios, mais pas ça. Il continue de parler, je vois ses lèvres bouger, seulement plus aucun son ne me parvient. J'imagine Nina avec un autre que moi. Ça, je ne l'avais pas vu venir. Ça fait partie de ces choses que tu penses impossibles, puis, un jour, elles arrivent.

Je regarde Paul. Il est défait. Désemparé.

— On est là, tu entends ? il dit, et il répète : On est là.

Il ne me lâche pas du regard, il attend avidement que je réagisse, que je dise quelque chose, il scrute chaque nouvelle expression sur mon visage. Dans ses yeux, il y a cette lueur qui trahit une appréhension, c'est à cause de ce silence lourd qui nous écrase. Ou alors, il s'attend à ce que je me lève, furieux, et que je lui saute à la gorge, que je me mette à hurler en maudissant le monde entier, ou que dans un accès de rage, je renverse violemment la table et fracasse tout ce qui se trouve dans cette pièce.

Il attend, mais je ne bouge pas. J'entends cette voix, elle semble venir d'ailleurs et pourtant, c'est la mienne. Cette voix murmure quelque chose, une phrase à peine perceptible :

— Au fait, tu pourrais me conduire jusque chez Mike, il faut que je lui achète le 4 × 4, tu sais celui qu'il vend, le Ford bleu.

— Bien sûr, il dit en posant sa main sur mon épaule, puis il ajoute : Je comprends, t'es choqué, c'est normal.

Sa voix est plus calme, posée, mais dans ses yeux, il y a toujours cette même inquiétude.

Je me lève et lui dis :

— Écoute, tu peux y aller, maintenant. De toute façon, on n'était pas mariés. J'ai toujours été contre. Et la maison, je la lui laisse, je veux dire, je ne lui demanderai rien. C'est bien pour elle. C'est bien, je répète en me dirigeant vers la porte que j'ouvre pour inviter Paul à s'en aller.

À son tour, il se lève et déclare :

— Tu devrais prendre quelques jours de congé, te reposer, et si t'as besoin, tu sais où nous trouver.

— C'est gentil, mais je veux juste que tu me conduises chez Mike.

Il me dévisage, je vois bien que ma réaction le laisse sans voix. Puis, au bout de quelques secondes, il acquiesce :

— OK, je passe te prendre demain, en fin de journée, ça te va ?

— Non, ne changeons rien, viens demain matin, comme d'habitude. On ira chez lui à l'heure de la pause, si ça ne t'ennuie pas.

— T'es sûr ? il demande, incrédule.

— Oui, je suis sûr.

Sans que je m'y attende, sur le perron, il me prend dans ses bras et me serre fort contre lui quelques secondes. Ma gorge se noue. Je me détache de lui en lui répétant de ne pas s'inquiéter, que ça devait arriver, et que ça ira. Mais, bon sang, comme tout ça sonne faux.

Je reste là, figé sous l'auvent, à contempler la montagne se fondre dans l'ombre et les étoiles piquer l'encre noire du ciel.

Et je resterai là jusqu'au petit matin pour regarder la lumière jouer avec ma montagne. Elle soulignera ses reliefs abrupts et accidentés, en chassera les ombres et les fera glisser le long des pentes raides.

Plus haut, elle redessinera les crêtes acérées et ses escarpements rocheux. Elle redonnera à l'eau des rivières leur éclat argenté, et Nina, ma Nina, dans ce nouveau matin, s'éveillera dans les bras d'un autre.

JE N'AI PAS EU BESOIN de toucher à mes économies. Avec l'argent que m'a rendu Nina, j'ai pu régler la totalité du pick-up.

Mike compte la liasse de billets avec la dextérité d'un caissier chevronné, puis s'écrie :

— Parfait, le compte est bon !

Il a l'air content. Il me tend le trousseau de clés qu'il a orné de trois lacets de cuir tressés, et ajoute d'un ton triomphant :

— Voilà, Bly est à toi, mon grand !

— Pardon ? je dis. Bly ?

Il me regarde amusé en replaçant son stetson d'un geste sûr et explique :

— C'est le nom du pick-up que tu viens de m'acheter !

— Ah, je fais, surpris.

— Je leur donne toujours un p'tit nom, et pas n'importe lequel, un p'tit nom amérindien.

Et je me dis : *Ce type est vraiment bizarre.* Il ajoute :

— Et pour ta gouverne, Bly, en amérindien, ça veut dire « grand ». T'as rien contre les Amérindiens, au moins ? Parce que mon arrière-grand-mère maternelle l'était.

— Non, évidemment que non, je réponds.

Puis, tout en tortillant la pointe de sa moustache, il conclut d'un ton enjoué :

— Ce qui est sûr, c'est que mon Bly, je ne pouvais pas le vendre à un autre type que toi !

Et il termine sa phrase en éclatant de rire et en m'adressant un clin d'œil complice. Franchement, je souris uniquement parce que Paul et lui sont amis et que je ne veux pas créer de problèmes.

Nous avançons un peu plus loin dans la cour tout en discutant de chasse. Il me propose de l'accompagner un jour, prétendant qu'il connaît les meilleurs coins pour chasser le cerf, en précisant que c'est juste parce qu'il me trouve sympa et que je suis pote avec Paul. De toute évidence, ce n'est pas le genre de tuyau qu'il refile à tout le monde. Je dis OK, par politesse. Parce qu'en général, je chasse seul, quelquefois avec Dick. Avec Dick, c'est différent. On se comprend, on s'apprécie et il connaît le territoire comme personne. Lui, il sait où se cache le gibier… Mais ça, je ne peux pas le dire à Mike.

En face de sa maison, se dresse une grange flanquée d'un immense hangar où sont alignés avec une précision quasi maniaque quatre autres pick-up. La carrosserie de chaque véhicule est étincelante malgré la faible luminosité que laissent filtrer les interstices du toit. Je comprends vite qu'il doit consacrer beaucoup de temps à leur entretien. Le dernier semble flambant neuf.

— Tu vois, il explique en pointant du doigt le premier qui nous fait face, le blanc, là, c'est Amarok, ça veut dire

« loup », et devine qui a traversé la route comme un dingue quand je l'ai ramené à la maison ?

— Un loup, je dis naturellement.

— Ouais, il acquiesce avec enthousiasme, tout à fait, un loup, mais pas n'importe quel loup, un loup blanc, magnifique !

Il se tait quelques secondes, puis reprend, plus solennel :

— Je ne sais pas si c'était un signe, tu sais, un loup blanc, c'est quelque chose, c'est sacré, ici. C'était une chance de le croiser.

Il se retourne vers moi et plante son regard dans le mien en ajoutant :

— Quand même, la vie nous fait de belles surprises, tu ne trouves pas ?

Je fais oui de la tête et je me détourne un peu, de peur que mon visage ne trahisse mes pensées. L'air de rien, je me rapproche des véhicules en feignant de m'y intéresser.

— Belles bêtes ! je m'exclame.

Il se redresse un peu, fier, et poursuit comme si de rien n'était :

— Celui-là, le vert, c'est Abeytu, qui signifie « feuille verte ».

— Ah, je dis, mais oui !

En vérité, j'éprouve une forte envie de rire, mais je m'efforce de me contenir. Il marque ensuite une pause en désignant d'un geste un pick-up jaune canari, un modèle qui semble dater des années 1950.

— Celui-là, c'est un vieux monsieur, il est un peu spécial, il appartenait à mon père. Il en aurait des choses à raconter depuis le temps qu'il est là. Il n'a pas de nom, mon père n'a jamais réussi à se décider. Faut dire aussi qu'il était devant un sacré dilemme ; entre Kanti et Sunki, il n'a jamais réussi à trancher.

Il s'interrompt brusquement et me fixe, comme s'il se rappelait soudain que j'étais là.

— Ah oui, pardon, Kanti, c'est « jaune » et Sunki, « soleil ». Enfin, c'est comme ça. Ce qu'il y a, c'est que le moteur est mort, et comme je n'ai pas le cœur de le mettre à la casse, il reste là avec nous. Et le gros, là, c'est mon p'tit dernier, c'est Gaali, il dit en bombant le torse et ses yeux brillent comme ceux d'un gosse devant une barbe à papa.

Je hausse les sourcils pour signifier mon étonnement, et il éclate de rire :

— Gaali pour « corneille », t'as déjà vu une corneille, quand même ?

— Oui, je réponds en prenant sur moi.

— Ben voilà, c'est cette même couleur noire.

— Ah ! je fais, en donnant l'impression que tout ça me passionne, alors qu'il me tarde de récupérer le véhicule et de vite foutre le camp avant de perdre patience.

Enfin, nous nous approchons du pick-up que je viens de lui acheter. Il est garé derrière le hangar, caché sous une bâche. Mike la retire dans un geste théâtral et s'exclame :

— Voilà Bly !

— Il est vraiment pas mal, je dis en faisant le tour.

— C'est sûr, rétorque Mike, mais il était temps que tu viennes le chercher parce que je n'ai plus la place pour le stocker. Bon, en tout cas, je lui ai fait un brin de toilette, et comme tu peux le voir, la peinture est en bon état. Petit plus : je t'ai changé les pneus, et avec ça...

Il tapote fièrement un des pneus avec la pointe de sa botte.

— … avec ces gommes-là, mon grand, les routes enneigées n'auront qu'à bien se tenir ! Tu fais une très belle affaire !

— Et côté moteur ? je demande.

Mike recale son Stetson tout en me dévisageant, puis il prend ce ton irritant qu'ont souvent les vendeurs de voitures pressés de conclure la vente :

— Alors là, mon gars, t'as devant toi un V6, trois litres cinq, et crois-moi, avec lui, tu peux y aller les yeux fermés, il va devenir ton meilleur pote de route ! Non, vraiment, tout est nickel, t'as aucune inquiétude à te faire, juste des kilomètres, et pour les papiers, tu les trouveras dans la boîte à gants.

— Parfait, je dis, merci, Mike.

Nous nous serrons la main, et juste avant de nous quitter, Mike me propose de fêter ma nouvelle acquisition autour d'une bière. Toujours soucieux de ne pas le froisser, j'use de ce même ton aimable pour lui expliquer que ça ne va pas être possible, car j'ai une longue route à faire avant la fin de la journée.

— Ah, dommage, il lance un peu déçu, comme tu veux, une prochaine fois, alors.

— Oui, avec plaisir, je réponds.

J'ai déjà grimpé à l'intérieur de Bly – puisque c'est son nom – et tout en claquant la portière, je donne deux légers coups de klaxon en guise de salut. Et je quitte son ranch.

L'habitacle embaume le cuir tanné, cela me rappelle la vieille voiture de mon père que j'ai dû vendre un peu après sa mort, parce que Nina et moi en avions déjà une et que j'étais le seul à l'utiliser pour aller à la scierie, vu que l'école où Nina enseigne est à deux rues de chez nous. Je la lui ai laissée pour qu'elle puisse monter me voir, au cas où… Mais elle n'est jamais venue. Et inutile d'espérer qu'elle vienne maintenant que… Enfin… Le mieux, c'est de ne pas y penser.

J'écoute le ronronnement du moteur et, franchement, il n'y a rien à redire. Je suis attentif à chaque vibration, chaque secousse pour me familiariser avec Bly. Au fond, son nom me plaît bien. Bon sang, ce Mike, c'est quand même un drôle de type. Si je n'avais pas la tête farcie de toutes ces choses qui me rongent, j'aurais certainement pris plaisir à discuter avec lui autour d'une bière. Seulement, à moi, contrairement à lui, la vie ne fait pas de belles surprises.

Sur la route, je repense à Paul et à notre discussion de ce matin. Il a insisté pour que je prenne un congé pour le reste de la semaine. Au début, j'étais plutôt réticent, puis j'ai fini par accepter. Il a sûrement raison, il me faut ce temps pour mettre un peu d'ordre dans ma tête, faire le vide.

Mais comment faire le vide dans cette espèce de chaos ? Comment calmer ce chagrin qui me déchire de l'intérieur ?

Je sens la colère m'envahir sans que je puisse rien contrôler et je frappe le volant de toutes mes forces pour que cette folie s'arrête. Je ne veux plus rien ressentir. Mais ça continue à cogner partout en moi, alors je gueule, je gueule encore plus fort jusqu'à m'étourdir pour qu'enfin la fureur sorte de moi. *Calme-toi !* je me dis, *calme-toi !* Mais comment réfléchir avec la pensée de Nina qui me tourne autour ? C'est comme si ma tête était prise entre les mâchoires d'un étau. Chaque nouvelle image d'elle, chaque souvenir, est un tour de vis supplémentaire qui comprime davantage ma tête. Et je ressens que chaque partie de moi, jusqu'au plus profond de mon être, est souillée par les remords et la culpabilité. Les larmes qui coulent de mes yeux me brûlent comme de l'acide.

— Arrête ! Arrête ! je hurle jusqu'à l'épuisement, jusqu'à ce que je ne sois plus capable d'émettre le moindre son.

Dans mon cerveau, ça tourne à toute vitesse, les pensées fusent comme des éclairs. Ma Nina. Ma Nina avec un autre. Ma Nina… les mains de l'autre… sur elle… son corps… pour l'autre… sa bouche, ses sourires, sa tendresse, sa douceur, son odeur… son souffle court… tout… pour l'autre. Et ça me déchire, ça me rend fou et mon cœur est en lambeaux. Je voudrais sortir de moi, arracher tous ces souvenirs de ma tête. Me dépecer, me débarrasser de cette peau de malheur.

Puis, il y a l'image de trop, celle de leurs étreintes… Et autour de moi, tout s'assombrit, comme si un voile noir glissait sur le monde, le recouvrant entièrement.

Je n'y vois plus rien. Mon pied écrase la pédale de frein.

Un frisson glacial me parcourt lorsque, dans le rétroviseur intérieur, j'aperçois la masse immense d'un camion fonçant vers moi. Mon cœur explose dans ma poitrine. J'ai juste le temps de me déporter sur le côté de la route pour éviter le choc. Le camion rugit et frôle Bly dans un vacarme infernal. Ses énormes pneus crissent avec violence sur l'asphalte et la terre tremble sous sa puissance déchaînée. Alors je ferme les yeux.

Quand je les rouvre, le mastodonte a disparu. Le grondement sourd de son moteur résonne encore dans l'habitacle. J'ai tout juste le temps de sortir pour ne pas me vomir dessus.

Ensuite, je réussis à reprendre la route. Il y a comme une accalmie. Ma tête est vide, jusqu'à ce que ça recommence et que le visage de Tom surgisse, accompagné d'une salve de questions : Et Tom ? Si Tom revenait, comment je lui expliquerais que, par lâcheté, j'ai abandonné sa mère ? Comment je trouverais les mots pour lui dire que tout ce qui s'est passé, et tout ce qui continue de détruire nos vies, est entièrement de ma faute ? Il me faudrait bien affronter son regard, et tant pis pour la honte qui me consume. Il y aurait sa colère, il ne cacherait pas son dégoût de moi. Et il aurait raison. Dans mon sang coule la haine de moi, la rage de moi et celle du monde entier.

Je continue à rouler, complètement absorbé par mes idées noires, sans prêter la moindre attention au paysage qui défile, ni même au nombre de miles que j'avale. Je suis là sans l'être.

Soudain, un stop m'oblige à m'arrêter, et c'est à ce moment précis que je réalise où je me trouve : je suis à l'entrée de notre petite ville. Je suis sonné. Je reste plusieurs minutes sans bouger. J'hésite à faire demi-tour et à remonter au chalet, puis je me souviens de la boutique qui vend des téléphones, et je me dis que c'est le moment ou jamais.

Ça n'a pas beaucoup changé à part de nouvelles maisons qui pointent le long de la route et quelques espaces verts aménagés. Sinon, tout est comme dans mon souvenir. Je sais qu'en allant jusqu'au centre-ville, je passerai près de l'école. J'arrête Bly devant.

La cour est encerclée par un mur grillagé ; c'est sûrement l'heure de la récréation, parce qu'elle est pleine de gamins qui courent dans tous les sens. Je les entends rire et crier, et ça me fait comme un pincement au cœur. Et, tout comme je l'avais secrètement espéré, dans ce tourbillon de couleurs et de rires, j'aperçois Nina. Mon cœur rate un battement. C'est comme si le temps s'arrêtait, les bruits s'estompent, les couleurs deviennent floues. Seule sa silhouette reste nette.

Je sens une boule se former dans ma gorge, mes mains deviennent moites. Les souvenirs affluent, chaque rire partagé, chaque moment passé ensemble, tout remonte à la surface avec une intensité douloureuse. Ma Nina. Elle n'a plus sa longue natte. Ses cheveux sont plus courts et lui tombent sur les épaules. Mais ils sont toujours de ce même blond doré. Comme ce matin d'été, alors que je l'observais dormir, où j'ai vu les premiers rayons du soleil glisser doucement à travers les persiennes et mettre de l'or dans sa chevelure. Et ça me broie le cœur de penser que, ça aussi, maintenant, c'est pour l'autre.

Je n'ai pas le temps de bien voir son visage, parce qu'un type la rejoint rapidement. L'instant d'après, il pose sa main sur sa taille et l'entraîne à l'intérieur de l'école. Et là, je comprends. Je serre les mâchoires, j'appuie sur l'accélérateur, et en quelques secondes, l'école, la cour, Nina et le type disparaissent dans mon rétroviseur.

T'as voulu voir, t'as vu, je me dis. Et après ? Après, il n'y a rien. Il n'y a que le goût amer et âpre du vomi dans ma bouche. Et mes yeux noyés d'eau.

Plus loin, j'aperçois la boutique de téléphones, avec son enseigne clignotante et ses affiches aux couleurs criardes. Je me gare juste devant. L'intérieur est éclairé par des projecteurs, mettant en valeur les derniers modèles de smartphones. L'image de la main de ce type sur la taille de Nina tourne en boucle dans ma tête. J'ai le cerveau en ébullition. Avant d'entrer dans la boutique, je remarque qu'il n'y a qu'un jeune gars affairé derrière son comptoir. Je pousse la porte avec une force incontrôlable. Le choc est brutal ; la porte s'écrase violemment contre le mur, produisant un bruit sec et métallique qui résonne dans la rue. Le jeune vendeur, visiblement surpris par ce fracas inattendu, sursaute et tourne la tête vers moi, les yeux écarquillés et la bouche légèrement ouverte. Malgré son étonnement, il reprend rapidement contenance, ajuste son sourire commercial et s'avance vers moi avec une énergie enthousiaste, tentant de compenser le désordre que je viens de créer. Je regrette déjà d'être venu.

— Bonjour et bienvenue chez AFCPhone ! Comment puis-je vous aider ? il lance d'une voix enjouée.

— Bonjour, je réponds avec un sourire peu engageant.

Il fait une drôle de tête et recule d'un pas. Merde, je lui ai fait peur. Alors, je lui souris de nouveau, en m'appliquant cette fois, et lui explique sur un ton plus approprié que je cherche un téléphone qui ne fasse que téléphone, un truc basique, juste pour téléphoner.

Le jeune gars me regarde, perplexe, puis lance :

— Vous êtes sûr ? On a de belles promotions sur des smartphones et ce serait vraiment dommage de passer à côté !

Je réplique d'une voix moins aimable :

— Oui, je suis sûr, je veux juste un téléphone pour téléphoner, c'est tout.

— D'accord, je comprends, il fait, pas rassuré, et il se précipite derrière son comptoir.

Je sens qu'il est nerveux. Il sort une boîte d'un tiroir et me la tend. Sur le couvercle, il y a la photo de l'appareil : un téléphone tout simple, exactement ce que je cherche.

— Vous pouvez le mettre en marche et m'expliquer comment ça fonctionne ? je demande.

Je vois le vendeur blêmir.

— C'est-à-dire que… vous comptez bien l'acheter, hein ? Parce que je ne peux pas ouvrir la boîte si vous ne l'achetez pas.

Je demande alors s'il est identique à la photo. Et il répond précipitamment :

— Oh oui, bien sûr !

— Alors, c'est d'accord, je le prends, je dis finalement.

Le jeune gars se détend un peu et ouvre la boîte. Il prend le téléphone en main et commence à me décrire ses fonctionnalités de base sur un ton monocorde :

— Alors, pour appeler quelqu'un, vous appuyez sur ce bouton ici…

Je le coupe :

— Oui, oui, j'ai compris, c'est comme un téléphone fixe… Mais mon numéro ? Je veux dire pour me joindre, il faut bien que les gens connaissent mon numéro, vous comprenez ?

Le vendeur affiche un sourire crispé et répond avec plus ou moins d'assurance :

— Oui, je comprends, monsieur. En fait, quand vous achetez un téléphone, nous vous fournissons une carte SIM, et le numéro associé est indiqué sur les papiers…

Le vendeur détaille le processus tandis que de fines perles de sueur se forment sur son front. Son malaise est tellement palpable. Je ressens soudain de la pitié. Bon sang, ce n'est pas sa faute à lui tout ce qui m'arrive. Il est grand temps de mettre fin à son supplice. Et je suppose que c'en est un, parce que des types comme moi qui débarquent dans sa boutique avec ma gueule et les nerfs à vif, il ne doit pas y en avoir beaucoup. Alors, je l'interromps une fois encore, en lui assurant que tout est parfait et que je souhaite le régler. Il me sourit nerveusement. Je lui tends l'argent et le remercie d'un signe de tête. Il me regarde bizarrement, comme s'il avait affaire à un fou tout droit sorti d'un asile et lance d'une voix mesurée, presque feutrée :

— Au revoir, monsieur, et merci d'avoir choisi AFCPhone.

— Oui, merci, je grommelle en quittant le magasin, mon téléphone en poche.

Non mais, sérieusement, j'aurais pu attendre demain pour faire ça. Aujourd'hui, je ne suis clairement pas dans mon état normal.

Il faut que je rentre, que je dorme, que j'oublie, parce que, là, je ne suis plus capable de rien. Demain sera différent. Du moins, j'ai envie de le croire.

Demain j'irai voir George, tout comme je l'ai prévu, et pour le reste, j'aviserai.

Et peut-être que, sur la route du retour, je ferai une pause dans un motel, juste pour une nuit. Histoire de me réveiller ailleurs. Je pourrais aussi m'arrêter dans l'un de ces *diners* au bord de la route. Voir du monde, prendre un bain de foule. Oui, peut-être, au retour, je ferai ça.

Ça changera la donne. Ça ne sera pas un jour comme les autres, c'est ce qu'il me faut ; des jours différents. Des jours nouveaux.

Je partirai demain, à l'aube.

C'EST L'AUBE. Ma montagne s'éveille en douceur et se dévoile dans toute sa splendeur. Et le soleil qui pointe à l'horizon fait émerger de l'obscurité ses sommets dans une lueur rosée. C'est à couper le souffle, toute cette beauté.

C'est dingue, ça pourrait être un matin comme les autres, où ma rage et mon chagrin dominent et m'aveuglent. Sauf que là, c'est différent, j'en prends plein les yeux et le cœur, et je n'ai pas éprouvé ça depuis des lustres.

Il y a comme une puissance tout autour, quelque chose de plus fort encore que le spectacle inouï qui se joue devant moi. C'est au-delà des mots. Ça ne peut pas s'expliquer, ça se ressent. Et ce qui est nouveau, c'est cette incroyable sensation de vie qui se distille en moi. C'est parce que j'ai réussi à dormir, je veux dire : une vraie nuit.

Je commence enfin à penser à Nina et à sa nouvelle vie sans que la colère m'étouffe. C'est probablement parce que je l'ai vue avec l'autre. Ça a dû déclencher quelque chose en moi, un déclic, une prise de conscience, comme une forme de résignation. Peut-être qu'au fond, c'est ce que j'espérais : qu'elle se reconstruise, qu'elle trouve la force de surmonter toute l'horreur qui nous accable. Je savais qu'elle en serait capable. Je connais sa force. Ce qu'il y a, c'est que je ne l'avais pas envisagé de cette façon… C'est ainsi. À quoi bon se torturer ? Ça ne changerait rien. Tout ce qui s'est passé a laissé des traces, je le sais, au-dedans de moi il y a des choses abîmées, cassées pour toujours.

Mais je vais faire avec, parce que c'est peut-être moins douloureux d'accepter ce qui est. Il est là, le truc pour pas crever : accepter ce qui est.

Je suis comme la montagne après la tempête, quand tout se tait, quand tout redevient calme. Et je m'efforce de tenir loin, bien loin de moi, les incertitudes, les peurs, les bouffées de hargne, parce que le plus important, c'est ce que je vais faire maintenant, et à vrai dire, je n'ai pas beaucoup de solutions ; il faut que je tienne. Que je continue, pour lui, mon fils, Tom.

Avant de prendre la route, j'ai laissé un message sur la boîte vocale de Paul. J'ai pensé que ça allait le surprendre, d'entendre ma voix sur son portable. Et ça m'a fait sourire. Je lui ai expliqué que je partais en ville, la grande, pour quelques jours, pour rendre le sac à George, qui est toujours à l'hôpital, et voir un peu du pays. Je lui ai aussi demandé de bien vouloir donner mon numéro de téléphone à Martha. Je n'ai rien dit de plus à son sujet. Je l'ai remercié pour tout, et j'ai ajouté d'embrasser Katy pour moi. Ensuite, en me faisant violence – parce qu'avec cette foutue pudeur, j'ai du mal à exprimer mes sentiments –, je lui ai dit combien il comptait pour moi. Je lui ai aussi dit : « T'es comme un frère. »

Ça m'a serré la gorge et fait ressentir de la joie aussi.

Vers huit heures, avec Bly, nous avons quitté le chemin du chalet. Le temps était beau, il n'avait pas neigé depuis plusieurs jours, la route allait être facile. J'ai allumé la radio, et Dolly Parton chantait *Jolene*. J'ai souri à l'ironie de la vie, il n'y avait rien d'autre à faire…

En début d'après-midi, j'arrive enfin et gare Bly sur le parking de l'hôpital. Je traverse le hall avec un mélange d'excitation et d'anxiété, tenant fermement le sac de George contre moi. Dans le couloir menant à sa chambre, je croise l'infirmière de la dernière fois.

— Bonjour, dit-elle avec un sourire charmant, vous venez voir George ?

Je ne suis pas surpris qu'elle m'ait reconnu. Ce n'est pas juste à cause de ma taille, mais comme tous les rouquins, je ne passe pas inaperçu. En général, les gens se souviennent de nous. Enfin, je dis rouquin, mais l'orange de mes cheveux tire davantage sur le blond, ça porte un nom, mais je l'ai oublié.

— Oui, je réponds en lui souriant.

— Ah, vous savez, reprend-elle, il a été opéré hier, on lui a retiré ses broches car ses os se sont bien ressoudés. C'est assez rare, mais ça arrive parfois, surtout chez les jeunes. En tout cas, c'est valable pour George et c'est une bonne chose.

— Oh, mais c'est une excellente nouvelle ! je dis.

Puis elle reprend en fronçant légèrement les sourcils :

— Oui, mais il est encore fatigué, c'est l'anesthésie, alors ne soyez pas surpris s'il dort à cette heure-ci.

— Oh, bien sûr, de toute façon, je ne comptais pas le déranger longtemps, je viens juste lui rapporter ses affaires, je fais en lui montrant le sac.

— D'accord. Je passerai le voir dans un petit moment.

— Très bien, je lance, et l'infirmière disparaît dans une des chambres attenantes.

Une fois arrivé, je frappe doucement deux petits coups et attends que la voix de George m'invite à entrer. Mais je n'entends rien, alors j'ouvre doucement la porte et, dans l'embrasure, je l'aperçois endormi dans son lit. J'entre sur la pointe des pieds, pose le sac sur la table de lit pour qu'il soit bien en évidence lorsqu'il se réveillera, puis m'installe dans le fauteuil qui jouxte son lit.

Soudain, me revient ce que j'ai lu de lui dans ses carnets, et à cette adresse au Japon, et je réalise qu'à part son sac, je suis venu les mains vides. Je pense à Martha – si elle avait été là, ça n'aurait pas été le cas. Alors, sans faire de bruit, je me lève et quitte la chambre dans l'idée de revenir avec quelque chose de plus à son goût, cette fois-ci.

À mon retour, il est réveillé et s'écrie :

— Oh, c'est vous, Abel !

Ses yeux brillent et son sourire est radieux.

— Merci, merci, c'est formidable, je n'y croyais plus, quelle belle surprise ! il s'exclame.

On dirait que ma petite mise en scène a fonctionné. Et franchement, de le voir si heureux, ça me fait quelque chose. Puis il demande en tendant les bras :

— Vous pouvez me le passer, s'il vous plaît ?

— Oui, bien sûr.

J'attrape le sac et le lui tends. Il le serre contre lui, comme un trésor. Je crois que j'ai bien fait de venir, parce que j'aurais été con de passer à côté de cette joie.

Puis, dans la foulée, je lui présente les barres chocolatées et le magazine de voyage dans lequel il y a un reportage-photo sur le Japon.

Il prend le tout en me souriant.

— C'est vraiment très gentil, je vous remercie, Abel, merci infiniment, il répète.

— Oh, ce n'est pas grand-chose, je dis un peu gêné, l'essentiel, c'est que ça te plaise. Pas comme la dernière fois, hein ?

— C'est parfait, il assure.

Ensuite, je le questionne sur son état, mais il répond à peine, trop occupé à fouiller son sac pour s'assurer que toutes ses affaires y sont.

— Ça va ? je demande, tu as tout ? Tu sais, quand j'ai retrouvé ton sac, il était bien fermé, rien ne devrait te manquer.

— Oui, c'est parfait, tout est là, il répond, soulagé. Je ne sais pas comment vous remercier, sans ça, j'étais perdu.

— Je comprends. Alors, dis-moi, comment tu te sens ?

— Ça va. Vous savez, je sors bientôt. Ils m'ont enlevé les broches, je suis vraiment content.

— Ça, c'est une sacrée bonne nouvelle ! je lance, comme si je n'étais pas au courant. Et tu comptes faire quoi après ?

Il marque un temps.

— J'y réfléchis, il répond finalement, le regard dans le vague.

J'attends un peu, puis reprends :

— Non, ce que je voulais dire, c'est : qui va s'occuper de toi, maintenant ? Enfin, quand tu seras sorti d'ici ? Tu vas retourner chez toi ? Là-bas ?

À son expression, je vois que j'ai encore été trop loin. Je grimace et mime combien je suis désolé.

— Non, ce n'est pas ça, il dit, et son expression est grave.

Tout en se tortillant les mains, il explique :

— C'est compliqué, je n'aime pas trop parler de ça. Mais enfin, si vous y tenez, je peux vous raconter. Seulement, je vous préviens, ça risque juste d'être long et très ennuyeux. De toute façon, vous devez en savoir plus sur moi, j'imagine, puisque vous avez regardé ce qu'il y a dans mon sac. Ce qui explique le magazine sur le Japon.

Là, il me regarde avec un petit sourire narquois et ajoute :

— Je ne vous en veux pas, parce qu'à votre place, j'aurais sans doute fait la même chose.

À ce moment-là, je me sens un peu minable et je lui avoue, confus, qu'en effet, j'ai fouillé ses affaires dans le seul but de m'assurer qu'il s'agissait bien de lui, mais qu'il n'a jamais été question de curiosité mal placée, et je lui demande de me croire.

Il plante ses grands yeux de ciel d'été dans les miens et il assure :

— Je vous crois. De toute façon, ça n'a aucune espèce d'importance, puisque je n'ai rien à cacher. Je pourrais vous parler…

— Tu n'es pas obligé, dis-je en l'interrompant, vraiment, je…

Il me coupe avant même que j'aie eu le temps de finir ma phrase.

— Je pourrais vous parler de là d'où je viens, de ce trou à rats perdu au milieu de nulle part, de notre ferme, enfin, de ce qu'il en reste. De ses murs décrépis, de la crasse, et de la puanteur, partout, tout le temps. De son toit qui pisse l'eau les nuits d'orage et du froid qui s'engouffre jusque sous nos couvertures les nuits d'hiver. Je pourrais vous parler de la misère dans laquelle mon frère et moi avons grandi, de la fureur et du désordre qui régnaient dans la tête de mon vieux, de son addiction à l'alcool, de sa brutalité, et de sa force aussi. Je pourrais vous raconter ma mère… ce qu'elle ramassait elle aussi, quand elle s'aventurait à prendre notre défense, de ses yeux au beurre noir, de ses lèvres, de ses joues, de son visage entier, tuméfié, déformé, ensanglanté souvent.

« Je pourrais vous décrire la peur, cette peur omniprésente et l'odeur de nos excréments, parce qu'il nous arrivait, à mon frère et à moi, de nous faire dessus quand le vieux nous empoignait par surprise. Je pourrais vous détailler le genre de sévices qu'il se plaisait à nous faire subir à longueur de temps, parce qu'il disait qu'on ne valait pas mieux que des clébards. Ou encore le choc et le bruit sourd de ses poings sur nos visages, le claquement aigu et cuisant de son ceinturon partout sur nos corps. La longue et lourde chaîne en fer avec laquelle il nous attachait à l'arbre les jours de canicule, et qu'il s'amusait à traîner sur le plancher, la nuit, juste pour nous empêcher de dormir. Et ces journées interminables, où nous étions enfermés dans la cave avec pour toute nourriture du pain sec et une gamelle d'eau. Il fallait ce temps pour que nos stigmates disparaissent, pour que les jours où il nous permettait d'aller à l'école, les gens ne se doutent de rien. Je pourrais vous décrire le goût du sang dans nos bouches, le feu de nos plaies qui s'infectent, et la douleur à laquelle on finit par s'habituer. Je pourrais vous parler de tout ça jusqu'au bout de la nuit, mais dites-moi, ça servirait à quoi ? »

Je serre les mâchoires. Ma vue est troublée par l'eau de mes yeux. Il continue :

— Alors je suis parti, je me suis sauvé. Mon frère n'a pas voulu me suivre, il avait peur que le vieux nous retrouve et qu'il nous tue. Ma survie, mon éducation et aujourd'hui ma liberté, je les dois à la littérature, sous toutes ses formes. Je lisais tout ce qu'il était possible de lire, mais en cachette, évidemment. Mes lectures, en grande partie, je les trouvais dans les poubelles, parce que chez nous, ça n'avait pas sa place. Vous savez ce que je préfère dans la vie ?

— Non ? je dis en essayant d'articuler quelque chose d'audible tout en dissimulant ma peine.

— Eh bien, c'est lire, écrire, et découvrir le monde. Il est si vaste, vous ne trouvez pas ?

— Oui, je dis.

Puis j'ajoute :

— Tu sais, tout ça, c'est bien joli, mais ça ne nourrit pas son homme !

Puis je réalise que j'ai l'air d'un vieux réac, alors je me reprends, un peu penaud :

— Enfin, je dis ça, mais toi seul sais ce qui est bon pour toi. C'est bien aussi d'avoir des rêves et de les suivre.

— Oui, vous avez raison. Mon rêve, c'est d'aller au Japon, apprendre la langue, visiter les temples, m'asseoir sous un cerisier en fleurs et rencontrer des haïjins.

— Des quoi ? je demande, déconcerté.

Il se marre doucement puis m'explique :

— Au Japon, ceux qui écrivent des haïkus – c'est une sorte de poème, je vous expliquerai –, sont appelés des haïjins.

Et il poursuit, rêveur :

— Je suis sûr que la vie, là-bas, c'est autre chose...

— Eh bien, c'est tout un programme, et en attendant, tu vas faire quoi et aller où ? Tu sais que, pour voyager si loin, il faut de l'argent ?

Merde, quel con je fais, qu'est-ce qui me prend de vouloir lui expliquer la vie ? Alors que c'est lui qui aurait des choses à m'apprendre.

— Je sais, il répond, et sa petite figure devient triste.

Aussitôt, je me sens désolé pour lui, mais il reprend, comme si de rien n'était :

— Vous savez, pour venir jusqu'ici, j'ai dû travailler en cachette de mon père, parce qu'il n'aurait pas toléré que je ne lui donne pas l'argent que j'avais gagné. C'est avec mes économies que j'ai pu enfin échapper à cette barbarie et arriver jusqu'ici. Tout seul, essentiellement en stop et en bus. Mon rêve était de découvrir la neige, voir des montagnes, explorer des forêts, et entendre chanter les loups, et pourquoi pas les voir, tout ce que je n'ai jamais eu la chance de découvrir chez moi et que j'ai vu et lu dans les magazines ou dans les livres. Chez nous, si vous ne faites pas attention, le soleil vous brûle, il vous dessèche. Chez nous, ce vert, et ce blanc de neige, ces sapins qui effleurent le ciel, ça n'existe pas.

— Je comprends, je dis, c'est vrai que c'est beau ici, surtout là-haut, mais tu connais un peu, je crois.

— Oui, il fait en affichant une moue désolée. Enfin, j'ai pas eu le temps de voir grand-chose…

J'ai la gorge serrée, il faut que j'évite de lui rappeler ce mauvais souvenir. Ce gosse a eu assez de misères comme ça.

Néanmoins, des questions me taraudent : que deviendra-t-il à sa sortie de l'hôpital ? Où ira-t-il dormir ? A-t-il déjà quelques points de chute, comme une chambre dans un motel ou dans une auberge de jeunesse ? Mes pensées se bousculent. Il a dû le sentir, parce qu'il me scrute avec une pointe d'inquiétude. Puis, avec un sourire timide, il me dit sur un ton assuré :

— Je vais trouver un endroit où me poser. Ça va aller, ne vous inquiétez pas.

Je réponds OK, histoire de dire quelque chose, mais en réalité je suis sous le choc. Il faut que je sorte, que j'aille respirer.

En m'efforçant d'avoir l'air détaché, je lui dis que je vais nous chercher quelque chose à boire et lui demande ce qui lui ferait plaisir. Il répond de sa petite voix frêle :

— Oh, je veux bien un soda, s'il vous plaît.

Je suis sorti de l'hôpital, histoire de souffler un peu, de me remettre de tout ce que je viens d'entendre. J'allume une cigarette, et je songe que des gamins comme lui, qui se sauvent de chez eux et parcourent les routes pour tenter leur chance ailleurs, il doit y en avoir un paquet dans le pays.

J'ai beau tourner et retourner le problème, je ne vois pas ce que je peux faire pour lui. Je n'ai pas de solution. De toute évidence, je n'ai rien à lui offrir, et ça, sincèrement, ça me désole. Et j'essaie de me convaincre : avec tout ce qu'il a vécu d'horreur, il est armé pour la vie. C'est sûr que ça ne va pas être facile au début, mais il finira par s'en sortir, il a l'air de savoir ce qu'il veut.

Je pense à Tom. Ça me retourne l'estomac de l'imaginer dans ce genre de galère, sans personne pour lui tendre la main. Dans ma tête, c'est la confusion la plus totale.

Je ne vais quand même pas le laisser sur le bord de la route, bon sang.

Mais alors, je fais quoi ? Et soudain, comme si je retrouvais un peu de clarté, je réalise : voilà, je suis venu lui apporter son sac, et après ? Après rien. Il n'y a rien, c'est tout, j'ai fait ce que je devais faire et ça s'arrête là. Il ne me reste plus qu'à lui trouver un soda et ensuite… Ensuite, je partirai.

J'achète un soda pour George et je me prends un café. De retour à sa chambre, j'entends des voix derrière la porte. Je reconnais celle de l'infirmière, alors j'attends qu'elle sorte pour ne pas les déranger.

Quelques secondes plus tard, l'infirmière ressort, on échange un sourire complice et j'entre dans la chambre.

— Voilà, George ! je lance en lui tendant son soda.

— Merci, Abel, il dit tout sourire, je vous suis reconnaissant pour toutes ces gentillesses, vous savez. Je n'oublierai jamais ce que vous avez fait pour moi.

Je vois bien qu'il retient ses larmes, et à cet instant, l'émotion qui m'envahit est immense. Je tente un sourire, et ajoute :

— Ne t'inquiète pas, je le sais.

Et alors que je suis sur le point de partir, il lance soudain :

— Au fait, vous ne m'avez rien dit de vous, je ne connais que votre prénom, très beau d'ailleurs, vous connaissez son origine ?

— Oui, je crois que c'est un prénom biblique.

— C'est tout à fait ça ! il s'exclame. C'est dans la Genèse. Abel, fils d'Adam et Ève, frère de Caïn, qui l'a trucidé.

— Quelle histoire, je dis, heureusement que je n'ai pas de frère !

Il se met à rire et j'aime ça. Comment il fait, ce gosse, pour réussir à rire de choses aussi futiles ? Comment il fait pour ne mener aucune guerre contre ce monde peuplé de monstres ? D'où lui vient ce cran, ce courage, cette audace ? Il est malin et tellement naïf à la fois. Ce qui est certain, c'est qu'il a traversé le miroir.

— Non, sérieusement, il reprend, vous savez beaucoup de choses sur moi à présent, mais moi, je ne sais rien de vous.

Et je sens qu'il attend que je me livre à mon tour.

— Oh, tu sais, moi, ce n'est pas très original. Je vis là-haut dans ma montagne depuis plus de quatre ans. Je suis séparé de ma femme, et je coupe du bois toute la journée, je veux dire, je suis bûcheron. Je chasse un peu et je pêche aussi. Voilà, je dis, légèrement mal à l'aise, c'est à peu près tout.

Évidemment, je fais l'impasse sur Tom.

Il me sourit, secoue la tête pour chasser cette maudite mèche qui lui tombe sur les yeux et lance :

— Merci pour votre confiance, maintenant on se connaît mieux. Ah, je ne vous ai pas dit : tout à l'heure, l'infirmière m'a assuré que je pourrai sortir la semaine prochaine.

Et encore une fois ses yeux brillent, et ça me vrille le cœur. Je le regarde boire son soda tout en essayant de réfléchir, mais je n'y arrive pas. Je suis déstabilisé. Le mieux serait que je m'en aille, mais au fond de moi, ça hurle, ça cogne. Il y a cette chose étrange, comme une pulsion, une urgence, une force qui m'oblige à lui dire :

— George, écoute, voilà, tu te rappelles où je vis ? Enfin, je ne sais pas si tu t'en souviens...

— Si, il fait, bien sûr que je me souviens de votre chalet.

— Ah, parfait, je dis, alors voilà, si tu veux, tu peux y venir un temps, histoire de te requinquer. Comme tu le sais, chez moi ce n'est pas le grand luxe, mais il y a tout le confort nécessaire, et tu n'auras rien à payer. Puis, quand tu iras mieux, quand tu seras à nouveau solide sur ta jambe, tu pourras t'en aller.

Il ouvre des yeux immenses. Il ne dit pas un mot durant de longues secondes. Je vois bien cette petite lueur d'inquiétude dans ses yeux, alors je reprends :

— C'est juste une proposition, c'est pour t'aider, et tu ne me devras rien, sois tranquille.

— Vous êtes sûr ? il finit par lâcher.

— Absolument, je dis.

— Vous n'allez pas abuser de moi ?

— Comment ça ? je demande, hébété.

— Vous n'allez pas me forcer à couper du bois ou je ne sais quoi d'autre de plus terrible en contrepartie de mon hébergement ?

Sa voix se fait encore plus aiguë, il a le menton haut, comme pour se défendre de quelque chose.

— Mais non, pas du tout ! je fais en riant. Qu'est-ce que tu vas imaginer ? Tu sais quoi ? Je te laisse réfléchir, je te donne mon numéro de téléphone, et tu m'appelles quand tu t'es décidé, ça te va ?

— Quoi ? il fait, en me dévisageant. Vous avez un téléphone, maintenant ? Ce n'est pas ce que vous m'avez dit la dernière fois.

— Attends ! je lance, histoire de calmer le jeu. La dernière fois, c'était vrai, je ne t'ai pas menti. Figure-toi que je m'en suis acheté un pas plus tard qu'hier, et pour être honnête avec toi, je ne sais pas encore très bien comment il fonctionne, il faudra que tu me montres ça.

— Faites voir, il demande, alors je sors mon téléphone et le lui tends.

— Ah, il lâche d'un ton moqueur, je ne sais pas si c'est votre choix, mais ce n'est pas vraiment le dernier smartphone à la mode, il n'y a rien de plus simple !

Je souris.

— J'avais juste besoin d'un téléphone qui téléphone, rien de plus.

Il me le rend et demande :

— Vous revenez quand me voir ?

— Eh bien, je ne sais pas, je peux passer demain si tu veux, je comptais rester dans le coin cette nuit.

— D'accord ! il lance, et à nouveau son visage s'illumine. Alors, à demain, Abel.

— Très bien, George, à demain, je réponds en me levant pour quitter la chambre.

En me voyant prêt à partir, il s'écrie :

— On ne se serre pas la main ? Parce que nous sommes amis, à présent.

Alors je me rapproche de lui et doucement, je saisis sa main. Elle me semble encore plus petite, plus fragile dans la mienne qui est immense, et je sens sa chaleur, comme celle d'un oiseau blessé niché dans ma paume. Je murmure :

— Oui, George, c'est vrai, tu as raison, nous sommes amis désormais.

J'AI PRIS UNE CHAMBRE en plein cœur de la ville. Après avoir garé Bly dans le parking souterrain de l'hôtel, je décide d'aller me dégourdir les jambes plutôt que de rester enfermé entre quatre murs.

Je marche un moment, au hasard, sans but précis, et là, je me souviens de ce qu'est une grande ville la nuit. Les avenues sont prises d'assaut, ça grouille de monde dans tous les sens. Dans les rues plus sombres, c'est la misère ; sous les lumières des réverbères, des pauvres types vautrés par terre se partagent le trottoir avec des dealers aux aguets. Les murs, eux, sont couverts de graffitis et d'insultes. Malgré les courants d'air glacés, la puanteur de la ville persiste, s'accrochant à chaque coin de rue. Dans certaines, ça sent l'urine à plein nez. Et puis, il y a cette atmosphère chargée de l'odeur âpre du gasoil et de l'huile rance des fast-foods, s'ajoutant aux relents d'égouts et aux effluves des poubelles qui débordent. J'ai du mal à respirer.

Je slalome entre les passants pour éviter les zones les plus bondées. Je me demande comment font tous ces gens pour vivre au milieu de ce chaos. À intervalles réguliers, les enseignes lumineuses éclaboussent les façades et les trottoirs de leurs couleurs flashy. Les grandes artères sont saturées de voitures, de taxis, de bus. Les moteurs rugissent, les pneus crissent, et le concert assourdissant des sirènes de flics et d'ambulances mêlé à celui des klaxons impatients me martèle les tympans. Le vacarme extérieur résonne en écho dans ma tête et mes pensées s'entrechoquent. Les doutes surgissent et me submergent par instants : est-ce que je n'ai pas été un peu trop impulsif en proposant à George de venir au chalet ? Qu'est-ce que je ferai de lui quand j'irai bosser ? Il fera quoi tout seul ? Paul me dira que j'ai fait une connerie. Et Nina… Elle finira bien par l'apprendre, c'est inévitable. Que pensera-t-elle de cette histoire ? Que je remplace notre fils par cet égaré ? En ce qui me concerne, les choses sont parfaitement claires, mais pour les autres, c'est sûr, ils penseront le contraire. Et Martha, il faudra bien que je lui explique que notre expédition doit être remise à plus tard… Toutes ces questions sans réponse se mêlent au fracas de la ville, accentuant mon sentiment de confusion et d'isolement.

Et puis, sans que je m'y attende, cette angoisse sourde qui me prend… Tom. Peut-être qu'il traîne quelque part dans ce bazar, noyé dans la foule. Et là, comme dans une transe, je me mets à scruter chaque visage que je croise, soudain, un type se plante devant moi avec un air menaçant :

— T'as un problème, mec ? Tu veux ma photo ?

Je suis sonné. Je sens que j'ai les nerfs à vif. D'un coup, j'ai envie de lui foutre mon poing dans la figure, puis je me ravise et balbutie une excuse, le gars lève les yeux au ciel et s'en va. Il me faut trouver un coin pour souffler. Pour me calmer.

Je m'engouffre dans le premier bar venu. À l'intérieur, c'est sombre. Il y a seulement quelques clients attablés et, au fond de la pièce, un vieux gars ivre se trémousse sur un air de country. J'opte pour le comptoir, commande un scotch que je descends d'un trait avant de reprendre le chemin de l'hôtel.

Il n'a fallu que quelques heures dans cette jungle urbaine pour que je me sente imprégné de saleté jusqu'au plus profond de mon être. Sous la cascade brûlante de la douche, je laisse l'eau ruisseler sur ma peau, dans l'espoir de me débarrasser de cette sensation de souillure. Ensuite, je m'affale sur le lit, quand mon téléphone, que j'ai oublié, se met à sonner. Deux appels manqués. Deux messages : le premier est de Paul qui se moque gentiment de moi pour avoir enfin franchi le cap de la technologie. Et je sais qu'il ne dira peut-être pas tout à fait la même chose en voyant l'appareil que j'ai choisi, ce qui me fait sourire. L'autre message est de Martha, et en écoutant sa voix claire et si douce, mon cœur bat plus vite, plus fort. Elle dit être contente de pouvoir me joindre et m'invite à la rappeler quand je veux.

Il n'est pas très tard, je pourrais lui téléphoner, j'en ai envie, je dois l'admettre, mais je finis par abandonner l'idée ; il y a encore trop de désordre dans ma tête.

Une nuit en pointillé.

Comment trouver le sommeil dans une ville qui ne dort jamais ?

Ce matin, je rends la chambre et prends un café au bar de l'hôtel pour me remettre d'aplomb. Je regrette de ne pas avoir noté le numéro de téléphone de George, ce qui me laisse dans l'attente de son appel et n'améliore pas mon humeur. Si ça se trouve, après réflexion, il a tout simplement décidé de ne pas venir au chalet et n'ose pas me le dire. J'avoue que cette alternative m'arrangerait bien. Tout ce que je veux, c'est quitter au plus vite cette foutue ville pour retrouver la paix, le silence et la splendeur de ma montagne. C'est là-haut que je me sens bien.

Je n'attends pas longtemps avant que mon téléphone ne sonne. Le temps d'avaler ma dernière gorgée de café, et à l'autre bout du fil, sa petite voix frêle résonne à mon oreille. Il a l'air joyeux et s'exclame :

— Bonjour, mon ami Abel, comment allez-vous ?

Ça me prend au dépourvu. Son excitation fait monter son timbre dans les aigus. Il semble pressé de me voir, me demande plusieurs fois quand j'arriverai enfin. Il est d'une impatience enfantine. Puis, sans que je puisse en placer une, il ajoute qu'après avoir un peu réfléchi, il a décidé d'accepter mon invitation et que tout ça le rend fou de joie. Il a hâte que je sois là, il le répète encore. Je lui demande simplement de me laisser le temps d'arriver, ce à quoi il rit comme un gosse. Puis, il raccroche en me disant :

— Alors, à tout de suite, mon ami Abel, j'ai une surprise pour vous.

Deux heures plus tard, je suis sur le parking de l'hôpital. Les embouteillages du matin m'ont piégé, je n'avais pas prévu ça. Je me dépêche de rejoindre sa chambre. Il est assis dans son lit, le visage marqué par l'inquiétude. En me voyant, son expression s'illumine. Nous échangeons quelques mots sur son état, et je suis soulagé de constater qu'il semble en bonne forme, malgré les circonstances.

Après avoir confirmé sa date de sortie imminente, nous discutons de son retour à la maison. George avoue qu'il n'a pas emporté grand-chose avec lui, seulement son sac. Il évoque avec une pointe de gêne sa chaussure perdue lors de sa chute. Je lui propose aussitôt d'en acheter une nouvelle paire, ainsi que quelques vêtements de rechange. Ses grands yeux ciel d'été sont emplis de reconnaissance. Il se dégage de lui quelque chose d'infiniment bon et sincère, c'est presque trop. Ça me fait l'effet d'une gifle. Une bouffée d'émotion pure qui balaye toutes les pensées dégueulasses que j'ai eues plus tôt. Je ne suis pas fier de moi.

Ensuite, la conversation dévie sur sa venue au chalet. George semble curieux et intéressé, il me pose plein de questions sur l'endroit : où il dormira, s'il pourra cuisiner parce qu'il connaît quelques recettes fameuses et qu'il n'a encore jamais eu l'occasion de les mettre en pratique. Il demande si j'ai un chien, un chat, des skis, une luge, des raquettes, une machine à laver le linge. Si j'ai des livres, des disques, parce qu'il aime aussi la musique et particulièrement le classique, comme Mozart qu'il a entendu à plusieurs reprises dans une librairie où il lui arrivait de traîner des heures entières. Je prends le temps de répondre à chacune de ses interrogations, essayant de le rassurer au maximum sur les conditions de son séjour à venir.

Juste avant de partir, il me remet une feuille de papier soigneusement pliée en quatre, et me demande de ne l'ouvrir qu'une fois chez moi. Comme nous l'avons convenu, je viendrai le chercher la semaine prochaine à onze heures.

Tout en me serrant la main, il prononce ces mots qui me transpercent le cœur comme une flèche tirée à toute vitesse :

— Abel, si j'avais eu un père comme vous, je vous jure que je ne l'aurais jamais quitté.

J'esquisse un sourire avant de quitter la chambre, essayant de masquer le trouble qui menace de me trahir.

Il me faut un moment pour démarrer Bly. Mes mains tremblent légèrement.

Je n'allais quand même pas le laisser sur le bord de la route, bon sang. Et après ? Après, on verra. Voilà, c'est tout, j'ai fait ce que je devais faire, et on dirait bien que ça ne va pas s'arrêter là.

Il ne me reste plus qu'à lui préparer sa chambre et à le récupérer mardi prochain.

Mes yeux, rougis par les larmes, pleurent encore dans le rétroviseur intérieur quand je démarre. J'enclenche la marche avant et je pense : un chien, ça serait bien pour qu'il ne soit pas seul la journée.

J'AI ÉTEINT LA RADIO.

Il y a juste le bruit régulier de la route qui défile sous les roues de Bly, le paysage qui change, qui embellit, et ça me suffit.

Je suis heureux de rentrer. J'ai quitté les quatre-voies tonitruantes et j'attaque les routes sinueuses pour me lancer à l'assaut du col qui s'élève devant moi. Les virages serrés et les pentes raides ne font qu'amplifier mon impatience. Chaque tournant révèle un peu plus de l'immensité qui m'attend. C'est drôle, cette sensation, cette excitation, nous l'avions avec Tom quand nous montions au chalet pendant les vacances. Je me souviens de son regard dans le rétroviseur.

À mesure que nous grimpions, ses yeux scrutaient l'horizon, dans l'attente fébrile qu'elle se montre enfin. Puis, dans la lumière de fin d'après-midi, au détour d'un virage, elle apparaissait et Tom s'écriait :

— Elle est là, notre montagne !

Ma gorge se serre, ces souvenirs me piquent les yeux. Je laisse faire, je laisse.

Je m'entends penser : *évite de cogiter à ce qui a été, à ce qui sera. À quoi bon envisager demain, ou les jours d'après ? Ne t'attache pas à ces idées tortueuses qui t'agrippent comme des ronces. Laisse-les couler…*

Je regarde devant moi, et dans cette lumière de fin d'après-midi, au détour du même virage, elle paraît, et je m'écrie :

— Te voilà ma belle !

Alors, je lâche un soupir de soulagement et toutes les tensions accumulées depuis la veille disparaissent comme par enchantement.

Une fois arrivé, je m'installe confortablement dans mon fauteuil près du poêle que je viens d'allumer. Je sors de ma poche le petit mot que George m'a donné avant que je m'en aille. Et je lis :

Mon très cher ami Abel,

Vous êtes mon héros ! Je ne pensais pas qu'il y avait encore sur cette terre des gens avec un cœur aussi grand que le vôtre. Je n'oublierai jamais tout ce que vous faites pour moi. Je vous promets d'être discret et de veiller à ce que vous ne regrettiez jamais votre geste.

C'est une si grande chance pour moi, que vous soyez là. Tellement que je n'arrive pas à y croire. Merci de tout mon cœur.

Votre ami, George

J'ai écrit ces deux haïkus pour vous que j'accompagne d'une esquisse :

Neige étend son manteau,
Abel, sauveur de George,
Hiver les unit.

En hiver, George trouve
En Abel, ami et héros,
Neige témoin complice.

Son écriture est soignée, appliquée, je vois bien qu'il y a mis tout son cœur, et mon menton tremble un peu. Mais c'est son dessin qui me cloue sur place. Cette montagne, esquissée en quelques traits, ressemble tellement à la mienne qu'elle en devient poignante de vérité. Dans ces lignes, je perçois une force brute et une beauté sauvage qui résonnent profondément en moi. George a réussi, avec seulement quelques coups de crayon, à en capturer l'immensité et la sérénité que je ressens quand je suis face à elle.

J'entends encore sa petite voix frêle et je pense que c'est un bien étrange gamin, comme si un vieux bonhomme habitait le jeune corps de George. Il y a un si grand décalage entre son apparence physique et sa personnalité, et je me demande, après tout ce qu'il a enduré, comment il trouve encore la force de voir le monde avec autant de tendresse, comment il fait pour être encore capable de poésie.

Je replie la petite feuille et la glisse précieusement dans mon portefeuille.

Et maintenant ? Je ne sais pas. Je reste là, immobile dans mon fauteuil. Je balaye la pièce du regard. Par où commencer ? Je me sens complètement vidé. Le bouillonnement de la ville. La route. Ces émotions en pagaille. Tout ça m'a épuisé.

Je me retrouve là, avec cette drôle d'envie de parler, mais à qui ? Puis, le souvenir de mon portable me revient. Paul ? Martha ? Lequel des deux ai-je vraiment envie d'entendre ? Je saisis le téléphone et fais glisser le petit curseur sur le dernier appel entrant.

Trois sonneries plus tard, Martha répond :

— Oui, allô, bonjour, Abel !

C'est idiot, en fait, je ne m'attendais pas à ce qu'elle décroche si vite, ça m'a pris de court. Je bredouille un « Allô, oui » en me raclant la gorge.

— Comment vas-tu ? elle demande.

— Ça va, je réponds, un peu gauche.

Puis elle enchaîne :

— Alors ? Comment s'est passé ton voyage, et George ? Tu as pu le voir et lui rendre son sac ?

— Oui, je l'ai vu, et...

Je me tais un instant, j'écoute le rythme régulier de sa respiration, puis je romps ce silence et raconte que j'ai proposé à George de s'installer à la maison, le temps qu'il se remette d'aplomb. J'explique qu'il est tout seul, qu'il n'a personne chez qui aller, et qu'il vient de l'autre bout du pays...

Et je me mets à parler sans arrêt – peut-être pour cacher mon trouble. Je décris tout avec une précision obsessionnelle : l'invraisemblable histoire de George, la violence de son père et le martyre qu'il a enduré. J'enchaîne avec le récit de mon escapade dans la grande ville, soulignant l'horreur que j'y ai découverte, et le type avec qui j'ai failli me castagner, et ça la fait rire.

— Tu veux que je vienne ? elle propose, et je trouve sa voix si belle qu'un oui franc et instinctif fuse de mes lèvres.

— Chouette ! elle lance, puis elle conclut en disant qu'elle sera là dans un peu plus d'une heure, et elle raccroche.

Je me retrouve là, un peu déboussolé. Je regarde autour de moi et constate le chaos ambiant. D'un bond, je me lève pour rétablir un semblant d'ordre.

Les courses à moitié rangées jonchent la table, je remplis le frigo de bières, je passe le balai avec une hâte fébrile, fais un brin de vaisselle, ensuite j'entasse des bûches et garnis le feu. Bon sang, il n'aura fallu que deux jours sans feu pour que le froid s'invite, et maintenant la maison est glaciale.

Je pense à Martha.

Je refais du café. Je suis impatient de la voir, et en même temps terrifié. Il y a quelque chose d'irrésistible en elle, une lueur indéfinissable qui éclaire son regard et magnifie chacun de ses gestes. Je cherche des biscuits, quelque chose qui pourrait accompagner le café. Peut-être que je pourrais faire des crêpes en l'attendant. Non, des crêpes, c'est idiot.

Je range ma veste et débarrasse le désordre qui traîne. Je me souviens de son geste l'autre jour dans sa voiture, de la chaleur de sa main sur mon bras. De cette envie que j'ai eue de la serrer fort contre moi. De ses sourires qui me chavirent, de son allure, de sa beauté, et mon cœur bat plus vite.

Puis je reprends pied, et je réalise que tout ça n'est pas possible, ça n'est pas pour moi. Je ne suis pas de bonne compagnie. Elle percevra ma tristesse, ma fixation sur le passé, cette attente inlassable du fils qui ne revient pas. Elle finira par se rendre compte de mes sourires forcés, de mon humeur de chien, de cette sauvagerie que j'ai parfois. Souvent. Elle découvrira qu'à l'intérieur de moi, tout est ruine, et on ne reconstruit rien sur des ruines, alors elle partira, elle aussi… Et ça, je ne le veux pas.

T'es vraiment con, je m'dis. *Tu pourrais simplement te réjouir et laisser faire les choses au lieu de te torturer.*

Je voudrais bien, mais je n'arrive pas à garder un peu de joie. Je parle de ce petit bout de joie, de paix que j'ai perçu l'autre jour, il n'en reste rien. Évaporé. Ça se bagarre dans ma tête, tout devient incohérent. Je sais pourquoi et ça me fout les nerfs en boule. Je me sens à cran et complètement décalé. Toutes mes habitudes sont chamboulées. En général, je vis au rythme de la nature. L'hiver, par exemple : ici, en hiver, c'est le calme plat. Tu vas bûcher, quand c'est possible évidemment parce que les jours de tempête ou de blizzard, tu restes à la maison et tu en profites pour réparer quelques bricoles dans le chalet. Ou faire un peu de cuisine pour la semaine. Enfin, t'occuper de choses que tu n'as pas forcément le temps ou la force de faire après ta journée de boulot. Les jours de repos, quand il ne gèle pas trop, tu peux aller taquiner le gibier, même si, en cette période, il se fait plutôt rare, le gibier. La plupart du temps, tu rentres bredouille ; les jours de chance, tu rapportes un lièvre. C'est tout, et c'est déjà pas si mal. Sinon, tu pars marcher. C'est bien aussi. Ça vide la tête. Ça nettoie le corps et l'esprit. Cette vie-là, je l'ai choisie, et je compte bien la continuer ainsi, du moins en attendant qu'il revienne… Tom.

J'aime la paix et le silence qui règnent ici. J'en ai besoin. Et puis, je me suis habitué à la solitude. Au début, je ne dis pas, je reconnais que c'était difficile, mais maintenant, ça ne me dérange plus, au contraire. Je n'ai plus le désir de côtoyer du monde. En revisitant mon passé, je réalise que ça a toujours été ainsi ; enfin, je crois. Avec Nina, c'était différent. Elle aimait la compagnie, et je suppose qu'elle l'aime toujours. Je me souviens à quel point elle était heureuse d'avoir du monde à la maison, que ce soit sa famille ou ses amis. Pour elle, j'acceptais volontiers. C'était une façon de rétablir une sorte d'équilibre. Mes amis venaient aussi parfois. Enfin, il n'y a jamais eu que Paul et Katy. On se voyait lorsque nous montions au chalet. Et franchement, ça me convenait. Ce qui est bien avec eux, c'est qu'on n'est pas obligé de se voir tout le temps pour entretenir l'amitié. Nos liens sont indéfectibles. Il n'y a que Paul que je vois tous les jours, ou presque, mais c'est autre chose, on bosse ensemble. Ici, on ne vit pas comme les gens de la ville, on n'est pas constamment fourrés les uns chez les autres. Et puis, il y a cette distance entre nos maisons. Nous sommes isolés, loin de tout. Ici, il n'y a pas grand-chose. Il faut descendre à la ville pour trouver des bars, une salle de cinéma, et tout le toutim.

Ce qui me ramène à George. Je me demande bien ce qu'il va pouvoir faire ici, vu qu'il n'y a rien. Ce n'est pas dans ce trou perdu qu'il va se faire de nouveaux amis. Bon sang, j'aurais dû lui en parler, lui demander comment il comptait occuper ses journées, coincé dans un chalet aussi isolé. Mais non, je n'ai pas osé. Après tout, il a fait son choix et il sait à quoi il s'expose en venant ici. Et puis, s'il trouve la situation trop difficile, je le ramènerai en ville.

Je crois qu'il y a un centre d'hébergement juste à côté de l'église. Et là, bam, ça m'est venu d'un coup ; mais pourquoi diable je n'y ai pas pensé plus tôt ? C'est là que George devrait aller. Ils offrent un toit, des repas chauds, et même un soutien pour ceux qui en ont besoin. Nina m'en avait parlé, elle était même allée les voir quelques jours après la disparition de Tom, pensant qu'il avait peut-être souhaité aller dans ce centre plutôt que de revenir à la maison… Évidemment, Tom n'y avait pas mis les pieds. Elle m'avait expliqué que ces centres sont là pour aider les jeunes adultes en difficulté, qu'ils soient sans-abri, en crise familiale ou confrontés à d'autres soucis. Il va de soi que George remplit toutes les conditions pour y être admis, vu d'où il vient et ce qu'il a traversé. Ils pourront bien mieux que moi l'aider à se remettre sur pied et ils le soutiendront en attendant qu'il trouve un job. Je suis sûr qu'il y a droit. Je les appellerai demain.

Et tout en croyant avoir trouvé la solution idéale, quelque chose au fond de moi se met à grincer. Je ferme les yeux ; je revois George, allongé sur son lit. Je me rappelle cette lueur dans ses yeux, sa petite figure joyeuse et ce que ça m'a fait à l'intérieur.

Bien sûr, ce serait pratique pour moi de le laisser là-bas, mais cette chose qui grinçait dans mon ventre me laboure maintenant les entrailles et me glace le cœur. C'est la peur qui me pousse à penser de travers. Soudain, je réalise la peine et la déception que ma lâcheté lui causerait. Et d'un coup, la honte me déborde. J'entends la petite musique de ma conscience avec tout ce qu'elle charrie de reproches et de laideurs. Je me sens minable, et ça me retourne l'estomac.

Le jour décline doucement. L'obscurité gagne, alors j'allume les petites lampes du salon. Leurs lumières tamisées se mêlent à la lueur orangée du feu dans la cheminée et à celle du poêle qui fonctionne à plein régime. C'est drôlement joli. Il fait bon, et dans ma tête, ça se calme un peu.

Pour soulager ma conscience, je décide de donner ma chambre à George. C'était celle de Tom, quand il était là, et aujourd'hui c'est celle que j'occupe. C'est une sacrée décision, mais je ne vois pas d'autre solution. Je ne vais quand même pas le faire dormir sur un lit de camp au milieu du séjour. Il a aussi droit à son intimité. En plus, cette chambre est juste à côté du salon et de la salle de bains, ce qui lui facilitera vraiment la vie, surtout avec ses béquilles. Quant à moi, je retournerai dormir à l'étage, dans ce qui était notre chambre à Nina et à moi. Je changerai les meubles de place ; de toute façon, ses affaires n'y sont plus. Ça ira. Je ferai en sorte que ça aille. Faut que j'arrête de tergiverser, et que je m'en tienne à ce que j'ai décidé.

Martha occupe mes pensées. Et c'est agréable. Ça me fait comme une bouffée d'air frais. Je me surprends à l'attendre avec une impatience sincère. Alors, je me poste devant la fenêtre pour la guetter, et soudain, j'aperçois sa voiture progresser dans le chemin.

Ce qui est le plus étrange, c'est ce que je ressens quand elle franchit la porte. Je ne suis plus cet idiot empêtré que j'étais un peu plus tôt au téléphone. Je me sens joyeux, serein. Et je me dis que c'est extra qu'elle soit là.

Je l'invite à s'asseoir dans l'un des fauteuils devant le poêle, et je m'installe près d'elle, dans celui où Nina s'asseyait tout le temps. C'était son fauteuil, avant. Mais ça appartient au passé.

Je nous sers un café, et nous grignotons quelques biscuits tout en discutant de ma décision improbable d'accueillir George.

— C'est formidable ! elle lance. Quelle belle initiative, c'est vraiment généreux de ta part.

Je ne dis rien, d'abord parce que je suis un peu intimidé, mais surtout parce que je n'ose pas imaginer sa réaction si je lui avais parlé de cette foutue idée concernant le centre d'hébergement.

J'aborde alors notre projet de randonnée, que je souhaite repousser le temps que George prenne ses marques ici.

— Évidemment, dit-elle. Ça va de soi !

Elle propose même de venir lui rendre visite quelques fois. Puis j'évoque mon intention d'adopter un chien pour qu'il tienne compagnie à George quand je serai au boulot, et là encore, elle approuve avec un enthousiasme débordant. J'ai l'impression qu'avec elle, tout est possible, facile. Et j'aime ça. Ça me donne de la force.

Plus tard, j'ouvre la bouteille de vin qu'elle a apportée, et j'improvise un apéritif avec ce que je trouve : pain, fromage, viande séchée et fèves.

Ensuite, je dévie volontairement la conversation sur Martha, parce que j'ai assez parlé de moi. Elle me raconte son enfance dans la grande ville, une période qu'elle décrit comme heureuse. J'apprends qu'elle et Katy sont amies depuis l'école primaire, et même si elles se sont moins vues après que les parents de Katy ont déménagé ici, elles sont toujours restées en contact.

Martha se livre à moi sans réserve, avec une sincérité déconcertante. Elle évoque les épreuves qu'elle a traversées, la perte de son père des suites d'un cancer agressif du pancréas quand elle avait quinze ans, sa mère qui vit aujourd'hui dans une maison de retraite et qui ne la reconnaît pas toujours quand elle lui rend visite.

Elle me parle également de Roy, son ex-mari rencontré à l'université. Ils se sont mariés rapidement et ont travaillé ensemble dans un cabinet de gestion de portefeuilles. Mais la perte de l'enfant qu'elle portait a ébranlé leur mariage, menant au divorce et plongeant Martha dans une période de dépression. Sa meilleure amie est partie vivre dans un ashram en Inde, et Martha a sérieusement envisagé de la rejoindre.

— Heureusement que Katy a réussi à me convaincre de venir m'installer ici, elle dit en souriant. Je suis persuadée d'avoir fait le bon choix !

Je l'écoute attentivement, sans l'interrompre une seule fois. Je suis captivé, littéralement sous son charme. Sa force et son élégance me subjuguent. Bien sûr, je veille à ne rien montrer.

Nous buvons encore, jusqu'à vider la bouteille de vin. Je lui propose de rester pour la nuit, en tout bien tout honneur, mais elle préfère rentrer chez elle. Je n'insiste pas, je ne tente rien de plus.

Juste avant son départ, lorsque nous nous disons au revoir, il y a cette étreinte. Ça réveille une sensation étrange au fond de moi. On parle souvent de « papillons dans le ventre » pour décrire ce sentiment, même si je ne suis pas sûr de comprendre l'image. C'est tout de même curieux comme expression. En tout cas, j'ai trouvé ce moment très doux, ça m'a fait comme un début d'ivresse, sûrement parce que nous avions un peu bu.

Puis elle part.

Je la regarde s'éloigner.

Je garde un moment son parfum sur moi, et le regret de n'avoir rien fait pour la retenir.

Je me retrouve là, planté au milieu de la pièce, pétri de questions, avec cette foutue sensation dans le ventre qui ne veut pas me lâcher. Soudain, une idée me fige dans une sorte d'effroi : je me suis monté la tête tout seul comme un grand. Si elle ressentait la même chose que moi, elle ne serait pas partie, ça me semble évident. Bon sang, quel idiot je suis. Ça me fait de la tristesse, et du malaise aussi, parce qu'elle a sûrement pensé que j'avais de drôles d'intentions en lui proposant de rester.

J'ai envie d'aller fumer une cigarette sous l'auvent, histoire de regarder le ciel, de guetter les étoiles, filantes ou pas, et d'entendre chanter les loups, plutôt que de cogiter pour rien.

J'ouvre la porte, et là, immobile sur le seuil, il y a Martha.

Son regard perce le mien avec une intensité qui me cloue sur place.

Et, avant que je puisse comprendre ce qui se passe, ses lèvres rencontrent les miennes dans une urgence troublante, laissant sur ma bouche une empreinte indélébile.

Je me lève avec le soleil. J'ouvre en grand la fenêtre pour m'enivrer de l'air frais. Le ciel est bleu, parsemé de quelques filets de nuages immobiles. Pas de vent. Je salue ma montagne en m'étirant longuement devant sa majesté.

Et au ciel, je crie :

— Merci !

Juste comme ça, parce que je me sens bien, que je pense à Martha, et que ça me fait de la joie.

Ensuite, j'enfile mon jean, avale une tasse de café et appelle le refuge.

Une femme à la voix rauque décroche en disant :

— J'écoute.

— Bonjour, je dis, je vous appelle pour savoir si vous avez un jeune chien que je pourrais adopter. C'est un ami qui m'a donné vos coordonnées.

— Évidemment que j'ai des chiens, elle répond sèchement, puisque c'est un refuge pour chiens !

— Ah, bien sûr, je dis, un peu décontenancé. Et vous en avez un qui ne serait pas trop vieux ?

— J'ai pas de chiot si c'est ce que vous cherchez, mais j'ai deux jeunes chiens. Les autres sont adultes, voire vieux, mais les vieux, comme par hasard, personne n'en veut.

Je ne relève pas et je demande :

— Je peux passer ?

— C'est vous qui voyez !

Elle me donne l'adresse, puis elle ajoute sur le même ton :

— Si on fait affaire, je n'accepte que le cash.

— Ça me va, dis-je, alors à plus tard, et je raccroche.

Paul m'avait prévenu sur l'aspect bourru de la propriétaire.

Après une bonne heure de route, je repère enfin le vieux panneau en bois portant le nom du refuge. Je m'engage sur le sentier qui, petit à petit, se mue en une impasse boueuse, au bout de laquelle apparaît une modeste maison préfabriquée.

À l'angle de la bicoque se dresse une vieille caravane légèrement inclinée, maintenue par des cales en béton. Ses fenêtres sont toutes colmatées de carton. Je gare Bly juste à côté.

À peine ai-je mis un pied à terre que des chiens se mettent à gueuler comme des dingues. Je tends l'oreille et suis les aboiements pour découvrir qu'ils s'échappent des trois cabanes en bois, situées à gauche de la caravane et cachées par quelques arbres. Elles sont accolées les unes aux autres et sont dans un état de délabrement avancé.

Franchement, l'endroit est glauque, sale et encombré de vieilleries en tous genres. Sur le terrain, traînent des morceaux de ferraille, des jantes rouillées et des pneus sont dispersés ici et là. J'avance vers les cabanes. Le spectacle est désolant. Derrière les portes cadenassées, des clébards de toutes races aboient à s'en casser la voix. Leurs yeux sont pleins de supplication et de tristesse. Certains tournent en rond, d'autres s'accrochent désespérément aux barreaux.

Je reviens sur mes pas et j'attends un moment devant la maison, pour voir si quelqu'un en sort, et en effet, quelqu'un sort. C'est un jeune gars d'une vingtaine d'années, maigre et sale comme un peigne. Il m'adresse un signe de tête avant de s'éclipser dans la maison. Je suis sur le point de faire demi-tour quand une vieille femme, aussi large que haute et tout aussi crasseuse que le gamin, apparaît sur le seuil.

Une drôle de sensation me saisit, une espèce de gêne. Elle demande en s'avançant vers moi :

— C'est vous le type du téléphone ?

— Oui, c'est moi qui vous ai appelée, je suis venu pour un chien, vous vous souvenez ?

Elle est maintenant tout proche de moi et me scrute de la tête aux pieds. Sa blouse et son gilet de laine sont usés et maculés de taches. Ses cheveux blancs sont en partie cachés par une casquette noire aussi vieille et sale qu'elle. Elle sent fort la soupe et je recule d'un pas.

Le jeune gars réapparaît et s'avance vers nous avec à la main un seau rempli d'une pâte brunâtre et visqueuse qui empeste la pâtée pour chien. Il porte une salopette dont il est impossible de déterminer la couleur d'origine. Il ne dit rien, il a l'air un peu idiot. De temps à autre, il me lance un regard en coin avant de baisser les yeux dans le seau qu'il a posé à ses pieds. La vieille se tourne vers lui et lui dit sèchement :

— T'attends quoi pour filer à bouffer aux chiens ?

Il reprend son seau sans broncher, et se dirige vers les cabanes où les chiens continuent d'aboyer de concert, créant un vacarme épouvantable.

— Bon, lance la vieille en me dévisageant à nouveau, je vous préviens, si vous en prenez un, vous le gardez, parce qu'ici, y a pas de service après-vente, vous saisissez ?

— Oui, je dis, interloqué.

Et je m'étonne de sa façon de parler, puis me reviennent les mots de Paul à son sujet.

— Allez ! Suivez-moi, elle fait avec un geste vif de la main, je vais vous montrer les chiens.

Le jeune garçon entre et ressort des cabanes après avoir jeté des louches de pâtée dans de vieilles gamelles en métal, sales et cabossées. Devant les cages, elle demande :

— Alors, vous voulez quoi ? Mâle ou femelle ?

— Peu importe, je dis, un qui soit en bonne santé et pas trop vieux.

Elle se retourne brusquement vers moi, le visage crispé en une expression agressive, et me balance :

— Quoi, en bonne santé ? Ils sont tous en bonne santé ! Qu'est-ce que vous croyez ?

Et encore une fois, je préfère me taire, parce que je sens que je ne suis plus très loin de changer de ton.

Certains chiens se mettent à bondir avec violence sur les portes des cabanes au fur et à mesure que je m'approche. L'odeur de la crasse, de la sueur animale et de la pisse sature l'air. À l'intérieur, la terre battue est recouverte d'excréments et d'autres choses indéfinissables. L'atmosphère est poisseuse et sombre. J'avance vers la deuxième cabane, et au fond, dans un coin, il y a un chien assis qui attire mon regard. Il a l'air plutôt calme et dénote par rapport aux autres. Il paraît plus jeune aussi. Il me regarde sans bouger.

— Et lui, là ? je demande, en le montrant du doigt.

— Lequel ? fait la vieille en me rejoignant.

— Celui-là, le gris, au fond, avec la tête de loup et les yeux jaunes.

— Ah, lui ! Lui, c'est un tranquille, il doit avoir un an, pas plus. C'est Doug qui l'a trouvé dans notre poubelle, là, juste au bout du chemin, elle explique en tendant son bras vers l'entrée du refuge. La bestiole gémissait à en fendre l'âme. Les gens s'en sont débarrassés comme ça, ils n'ont même pas eu le cran de venir jusqu'ici, une belle bande de salopards, encore.

Puis elle se tait un instant avant de reprendre :

— Alors, ça vous va ? C'est assez jeune ? J'ai pas plus jeune, de toute façon, c'est à prendre ou à laisser.

Elle se retourne vers moi, le menton en avant.

— J'aimerais bien le voir de plus près, je dis, il a l'air sympa.

Et la vieille se met à hurler :

— Doug, Doug, viens ici !

Le gamin s'exécute en courant.

— Sors le gris qui est au fond, allez ! elle crie en tapant dans ses mains. Fais-le sortir de la cage.

Alors Doug s'engouffre dans la cabane et attrape par la peau du cou le jeune chien qui ne montre aucune résistance. Puis il referme la porte derrière lui et le tire vers moi. Le chien ne bouge pas, il me fixe et, dans ses yeux, il y a quelque chose qui m'émeut. Soudain, la vieille s'écrie :

— C'est bon, il vous plaît ? C'est ce que vous cherchez, non ?

— C'est drôle, je dis, il a vraiment quelque chose du loup ou du husky.

— C'est possible, elle marmonne, impatiente, je ne connais pas leur pedigree. Bon, vous vous décidez, parce que j'ai pas que ça à faire.

Je m'agenouille et caresse le jeune chien, il se laisse faire et semble même apprécier. Je l'examine sous tous les angles, et je lance :

— C'est bon, je le prends !

— À la bonne heure ! elle s'exclame, puis elle crie à nouveau : Doug, ramène-moi une laisse et un collier, et bouge-toi un peu, tu veux !

Le gamin disparaît dans la maison. Je tente de détendre l'atmosphère en posant quelques questions sur le lieu et les chiens, mais aucune réponse ne sort de la bouche de la vieille, qui fait mine de ne pas m'entendre. Puis Doug ressort de la maison et je lance machinalement :

— C'est votre fils ?

— Non, elle réplique sèchement, mon petit-fils. Pourquoi ?

— Oh, pour rien, je fais, et déjà je regrette d'avoir ouvert ma gueule.

— Maintenant, on est plus que tous les deux, mais ne vous y fiez pas, je sais encore me servir d'un fusil si on venait me chercher des noises !

— Eh ! je fais en souriant, c'est pas nécessaire, je posais juste la question comme ça.

— Y a jamais de question en l'air, reprend la vieille en plantant son regard dans le mien. Vous voulez savoir autre chose ? elle fait, en donnant un petit coup de tête en avant.

Je cherche quoi répondre quand le jeune Doug revient et me tend, l'air content de lui, un collier et une laisse dont les plis du cuir sont incrustés de crasse. J'enfile tant bien que mal le collier au jeune chien et accroche la laisse. J'ai à peine le temps de me relever que la vieille m'ordonne de la suivre pour le règlement.

Nous entrons dans la petite maison.

Ce que je vois n'est pas très reluisant. C'est un véritable capharnaüm. Il flotte une drôle d'odeur de soupe mêlée à celle de cendres froides et de suie. L'humidité suinte des murs d'où se décrochent en lambeaux des pans entiers d'une tapisserie délavée par le temps. Des auréoles jaunâtres parsèment le plafond, laissant entrevoir des signes de moisissure. Une radio qui émet de petits grésillements est posée en équilibre sur une pile de linge, je ne peux dire s'il est propre ou sale. La table est recouverte d'une toile cirée à carreaux rouges et blancs d'apparence poisseuse, trouée par endroits, sur laquelle finissent de jaunir de vieux journaux, contre une pyramide de boîtes de pâtée pour chien. Il y a aussi de la vaisselle sale, un cendrier rempli de mégots et une bouteille de vin à moitié vide. D'un geste brutal, elle sort du tiroir de la table une enveloppe kraft sur laquelle il est inscrit : « Merci pour eux. » Elle la pousse vers moi en disant :

— Y a pas de paperasse à remplir, c'est comme ça que ça se passe, ici. Et je vous répète que le chien, vous revenez pas avec, et ce que vous allez en faire ne me regarde pas. C'est compris ?

— Oui, pas de problème, je réponds, et je jette un œil au chien qui est sagement assis à mes pieds.

— Alors, maintenant, vous faites un geste, et n'hésitez pas à vous vider les poches ! elle lance en riant.

Je réponds à son rire gras par un sourire qui se voudrait complice et sors mon portefeuille. Je glisse plusieurs billets dans l'enveloppe et la lui tends.

— Bien, elle dit en se levant.

Puis elle jette un rapide coup d'œil à l'intérieur. Elle a l'air satisfaite et lance :

— C'est pas mal, alors la laisse et le collier, c'est cadeau, et en prime, je vous offre une boîte de viande.

Mais je ne peux pas plus, il faut que je nourrisse les autres.

Je la remercie pour sa grande générosité et me lève. Le chien me suit et tend sa petite tête vers moi, je voudrais bien savoir ce qu'il essaie de me dire. La vieille ajoute :

— Il va grandir, c'est sûr ! Vous avez vu ses pattes ? Ça va devenir une belle bête !

Sur ce, elle claque la porte derrière moi, sans un au revoir ni même un merci. Bon sang, quelle carne ! Si ce n'était pas si triste, ce serait risible.

En chemin, alors que nous nous éloignons de cet endroit lugubre, je m'adresse au chien et lui dis doucement :

— Eh bien, tu reviens de loin, toi, tu sais !

Il me regarde et émet un léger jappement. Surpris, je demande :

— Quoi ? En plus, tu comprends ce que je te raconte ?

Il remue alors la queue frénétiquement, comme pour me répondre. Je souris et lui ébouriffe le dessus de la tête.

— Va falloir aussi te trouver un petit nom !

Le chien me fixe. Ses yeux sont incroyables, ils sont d'un jaune magnétique, et ce que j'y vois me touche en plein cœur.

Tout en conduisant, je l'observe du coin de l'œil ; il est sagement assis sur le siège passager, absorbé par le paysage qui défile à travers la vitre. Ce chien a quelque chose de vraiment spécial, et cela me plaît.

Un peu avant d'arriver au chalet, ne contenant plus ma joie, j'attrape mon téléphone et appelle Martha pour lui annoncer la nouvelle. Puis, dans la foulée, je lui propose de me rejoindre à la maison pour lui présenter la petite merveille. Pleine d'enthousiasme, elle s'écrie :

— Je saute dans ma voiture et j'arrive !

Je regarde le ciel, il est toujours aussi bleu, et je crois que, pour la première fois depuis longtemps, je suis heureux.

LA SEMAINE D'APRÈS, en revenant de l'hôpital avec George, nous apercevons Martha debout sous l'auvent, les bras croisés sur son anorak pour se protéger du froid. De toute évidence, elle guettait notre retour. La voir là me fait l'effet d'une décharge électrique. La dernière fois que j'ai vu une femme postée de cette façon, au même endroit, c'était Nina.

Elle s'inquiétait toujours lorsque Tom et moi revenions tard d'une randonnée et avait l'habitude de nous attendre dehors, plantée sous l'auvent. C'était sa façon à elle de nous faire comprendre qu'on avait exagéré, encore une fois.

Je gare Bly en vitesse, et, pour éviter à George de marcher dans la neige, je le soulève dans mes bras et le monte jusqu'au chalet. Il éclate de rire comme un gamin. Je le repose au sol et lui présente Martha. Il s'avance vers elle avec hésitation ; sa démarche est vacillante et ses gestes manquent d'assurance, mais malgré cette gêne, un sourire radieux s'étire sur son visage. Il lui lance :

— Martha, je suis vraiment heureux de vous rencontrer.

Tout naturellement, Martha le prend dans ses bras en lui souriant. Je les regarde tous les deux, et les souvenirs de Nina et Tom m'explosent la tête.

— Alors, c'est toi, Sunny ? lance George de sa petite voix fluette en se retournant vers le chien qui semble impatient que l'on s'occupe de lui.

— Comme il est beau ! il s'exclame, émerveillé, en enfonçant délicatement sa main dans l'épaisse fourrure de l'animal. Il est incroyable ! Vous avez vu sa couleur ? Ces nuances argentées de gris ? Et ce blanc de neige ! On dirait un loup. Et ses yeux ! Ils sont à tomber.

Chacun de ses gestes est empreint de douceur, et Sunny exprime sa joie par de petits jappements, sa queue battant l'air.

— Oui, tu as raison, George, je dis, je trouve qu'il a quelque chose du loup, ou du husky, mais la femme du refuge n'a rien su me dire à son sujet.

J'ajoute :

— Puis tu sais, c'est Martha qui a eu l'idée de l'appeler Sunny, parce qu'elle trouve que ses yeux ressemblent à des petits soleils.

— Oui, il répond, enthousiaste, effectivement, ce nom lui va comme un gant.

Martha observe la scène et sourit sans rien dire. Puis nous entrons dans le chalet. Je fais faire le tour du propriétaire à George, enfin juste les pièces du bas. Il a du mal à se déplacer avec ses béquilles, mais je le laisse se débrouiller tout en veillant à ce qu'il ne se prenne pas les pieds dans le tapis, ou que Sunny, qui déjà ne le lâche plus d'une semelle, ne le fasse pas tomber. Martha nous suit et m'adresse un clin d'œil complice.

Quand on entre dans la chambre, George lâche un cri de joie et s'écrie :

— C'est mieux que dans un palace !

Il a l'air à la fois surpris et vraiment heureux.

— Bienvenue chez toi, George, je lance, parce que je ne sais pas quoi dire d'autre, et qu'il me semble que c'est ce qu'il y a de plus approprié.

— Oh, merci beaucoup, Abel.

Et, tout en balayant la chambre du regard, il lève sa béquille d'un geste théâtral comme s'il s'agissait d'une extension naturelle de son bras et déclame :

— Dans chaque détail, le décor murmure des mots, reconnaissance.

Il répète ces mots une seconde fois. Alors que je me demande ce qu'il a voulu exprimer par tout ça, je réalise, un peu honteux, que je ne l'ai pas remercié pour son petit mot. Mais avant même que j'aie le temps d'ouvrir la bouche, Martha réagit en disant :

— Oh, George, tu es un véritable haïjin, je n'en reviens pas !

Ensuite, Martha aide George à s'installer sur le lit et s'assoit près de lui. Je sors de la chambre pour les laisser tranquillement faire connaissance, et file récupérer les affaires restées dans la voiture.

Quand George et moi avons quitté l'hôpital, nous nous sommes arrêtés dans un centre commercial pour qu'il puisse se procurer de quoi se changer, en plus des provisions que j'avais prévues pour les semaines à venir. Une fois qu'il a eu choisi une nouvelle paire de baskets, un jean et un pull-over, nous avons complété nos achats avec des articles de toilette. À sa demande, nous nous sommes dirigés vers le rayon des livres. George m'a bombardé de questions sur mes lectures, et il a fait une drôle de grimace quand je lui ai avoué que je ne lisais que quelques pages, juste pour m'aider à m'endormir. Alors, pour éviter de passer pour un bas de plafond, comme ces types obtus qui ne changent jamais d'avis sur rien, je lui ai dit que j'étais d'accord pour qu'il me conseille des romans, en précisant mon attirance pour les romans d'aventures. Du coup, nous avons passé une bonne demi-heure à choisir nos futures lectures, sous son regard avisé.

Quand nous sommes passés à la caisse, il a insisté pour partager les frais, et pour ne pas le mettre mal à l'aise, j'ai accepté.

Pendant le trajet, il m'a littéralement abreuvé d'anecdotes. Il racontait ses rencontres en stop ou dans les bus, et il s'est étendu sur une certaine Yuki, une jeune Japonaise en voyage d'études qu'il avait rencontrée en route, et qui lui avait donné quelques adresses au Japon, au cas où il déciderait d'y aller un jour. Elle vivait à Kyoto et George disait qu'il voulait absolument découvrir cette ville. Il m'a aussi parlé de ses petits boulots avant d'arriver dans notre ville, celle-là même où j'ai vécu avec Nina et Tom. En fait, George était déjà là depuis deux mois avant de venir se perdre dans notre montagne ; enfin, je veux dire, avant que je ne le trouve avec une jambe cassée. Il avait dégoté un job dans l'arrière-boutique d'une cafétéria à la station-service aux abords de la ville et une chambre dans un motel. Il m'a avoué qu'une fois remis sur pied, il comptait retourner travailler là-bas et que son patron, qu'il avait appelé pour l'informer de son accident, lui avait assuré qu'il pourrait revenir quand il irait mieux.

— Vous pensez qu'il a dit vrai ? il m'a demandé, ses yeux ciel d'été grand ouverts en attendant ma réponse.

— Oui, je crois, j'ai répondu, sauf, évidemment, si tu as affaire à un patron tordu, mais je ne pense pas que ce soit le cas.

— Non, c'est sûr, il a toujours été très gentil avec moi.

Puis il s'est mis à me poser beaucoup de questions sur ma vie. J'ai vaguement parlé de Martha pour qu'il ne soit pas surpris en la voyant quand on arriverait, et de Sunny que je venais de sortir d'un refuge sordide, mais concernant Tom, je n'ai rien dit. Pourtant, il m'a demandé si j'avais des enfants, et je me rappelle avoir esquivé la question en lui en posant une autre. Je ne sais pas s'il a remarqué mon malaise, mais honnêtement, il était hors de question que je raconte quoi que ce soit. C'était trop douloureux, et surtout, je craignais sa réaction. Qui sait ce qu'il aurait pu imaginer ? Je ne le connaissais pas encore assez, et j'avais peur qu'il interprète mal ma gentillesse.

Pendant le trajet, il a alterné entre de longues phases de silence, le regard fixé vers l'extérieur, et des monologues interminables. Il passait d'un sujet à l'autre, évoquant tout et n'importe quoi. Ensuite, il s'en est pris à l'autoradio, tripotant les boutons et zappant d'une station à une autre jusqu'à ce qu'il en trouve une à son goût. Il se comportait comme un gamin, puis l'instant d'après, il tenait des propos dignes d'un jeune adulte. Il m'étonnait autant qu'il m'épuisait. Et pourtant, j'avais beau le trouver bizarre par moments, il avait quand même réussi à m'épater par sa détermination et son courage. Aussi, puisque j'avais fait en sorte qu'il soit là, je me devais de l'accompagner, le temps qu'il guérisse.

De temps en temps, une tension sourde montait dans mes tempes, pas à cause de lui, non, mais parce que Tom ne quittait plus mes pensées.

À la sortie du virage est apparue ma montagne, puis, plus loin, mon chalet. Et sur le visage de George, j'ai vu l'émerveillement.

Je dépose quelques sacs dans la cuisine avant de retourner dans la chambre de George. En arrivant sur le seuil, je les trouve en pleine discussion. Lorsque j'entre, ils se taisent soudainement, comme si ma présence les dérangeait. Je fronce les sourcils et demande :

— Tout va bien ?

Martha regarde George, qui baisse la tête, puis me dit :

— En fait, George craint que tu appelles son père pour lui dire qu'il est ici.

— Quoi ? je lance, stupéfait.

Je m'approche de George et lui dis doucement en soutenant son regard :

— Je ne ferai jamais une chose pareille, tu n'as pas à t'inquiéter.

J'aimerais l'avoir rassuré, mais je vois bien dans ses yeux qu'il doute. George continue de me fixer et déclare à voix basse :

— S'il me retrouve, il me tuera, c'est sûr. Il a peut-être déjà tué mon frère, à cause de moi.

Alors, je reprends calmement :

— George, je te le répète, ici, tu es en sécurité, personne ne te fera de mal. Maintenant, concernant ton frère, ce ne sont que des suppositions. Mais tu peux appeler la police et leur raconter ce que ton père vous faisait subir.

Martha intervient :

— Tu sais, on peut passer un coup de fil anonyme et le dénoncer sans qu'il se doute que ça vient de toi.

— Oui, c'est une bonne idée, approuve George. Vous me direz, Martha, comment on peut faire, mais demain. Là, je suis trop fatigué.

— Bien sûr, lui répond Martha.

Il esquisse un sourire un peu forcé, puis, comme si de rien n'était, ouvre les sacs et présente fièrement son nouveau pull-over à Martha. Je sors aussitôt de la chambre en lui faisant un petit signe discret pour qu'elle me rejoigne.

Lorsqu'elle s'approche de moi dans la cuisine, je lui murmure à voix basse :

— Tu es sûre que le dénoncer ne va pas mettre la puce à l'oreille à son père ? Je veux dire, il va forcément comprendre que ça vient de son fils, non ?

Martha marque un léger temps de réflexion, puis répond de cette même voix douce et posée :

— Je vais me renseigner demain, ne t'inquiète pas.

Alors qu'elle tourne les talons pour aller rejoindre George, je l'attrape doucement par le bras et lui dis :

— Au fait, je n'ai pas parlé de Tom avec lui. Ne lui dis rien, s'il te plaît.

Martha, étonnée, me demande pourquoi. Je lui explique que je le sens psychologiquement fragile et que je souhaite éviter le sujet pour l'instant, de peur qu'il ne se mette à imaginer n'importe quoi. Son regard me transperce comme si je lui parlais une langue étrangère. Alors, je reprends pour préciser ma pensée :

— Je voudrais attendre le bon moment pour lui en parler, sinon, il pourrait croire que je l'ai fait venir ici pour remplacer mon fils, tu comprends ? Et ça me rendrait vraiment malade qu'il pense ça.

— Oh ! Mais non, pourquoi tu imagines une chose pareille ?

— C'est probablement idiot, mais je préfère quand même attendre un peu.

Martha pâlit, je la fixe et je saisis.

— Tu lui en as parlé ? je demande, fébrile.

— Oui, elle répond, visiblement embarrassée. En fait, il m'a demandé si nous avions des enfants ensemble, et je lui ai dit que tu en avais eu un avec une autre femme, et que ton fils avait disparu.

— Et quelle a été sa réaction ? je demande inquiet.

— Il m'a dit qu'il se doutait d'un truc comme ça, il pensait même que ton fils était…

Elle s'arrête net et je finis sa phrase :

— Mort ?

Elle acquiesce d'un mouvement de tête, ajoutant :

— C'est ce qu'il lui a semblé comprendre quand vous étiez dans la voiture.

Je serre les mâchoires et lâche :

— Bon sang, ce gamin est vraiment futé.

J'ajoute :

— Bon, et il n'a rien demandé d'autre ?

Martha s'approche de moi et me donne un baiser.

— Ne t'inquiète pas, elle dit doucement. Tu sais, il est plutôt dans l'empathie qu'autre chose. Je crois qu'il a suffisamment souffert pour comprendre le chagrin des autres. Je ne pense pas qu'il t'en parle, il avait vraiment l'air peiné pour toi et…

Je ne la laisse pas finir, et l'attire d'un coup sec contre moi, la serrant dans mes bras. Peut-être pense-t-elle que c'est pour la remercier d'être formidable, et c'est vrai qu'elle l'est, mais en réalité, c'est uniquement pour qu'elle se taise. Et je m'en veux de ça, alors je ferme les yeux pour mieux ressentir sa chaleur contre moi, pour me perdre dans son odeur et le soyeux de ses cheveux. Mais je n'y suis pas totalement. Je n'y arrive pas.

La machine infernale s'est activée, ça bouillonne dans ma tête, j'entends son impitoyable ritournelle, avec toujours ce même entrain : *Où est Tom ? Mort ? Vivant ? Heureux ? En danger ? Libre ? Séquestré ? Tu ne peux pas répondre, bien sûr ! Tu n'as pas fait grand-chose pour le retrouver. Avoue ! S'il n'est plus là, à qui la faute ? De toute façon, tu gâches tout, tu abîmes tout, tout et tout le monde...* Ça hurle dans ma tête et ça tape dans ma poitrine, alors je serre Martha plus fermement. Elle lève la tête, me regarde et me murmure :

— Abel, tu me serres trop fort, tu m'étouffes.

J'écarte mes bras en m'excusant, puis lui propose de nous servir un verre, quand soudain, la drôle de petite voix de George s'écrie :

— Est-ce que Sunny peut dormir avec moi, cette nuit ?

— Oui, je lui crie joyeusement, il peut.

Ce soir, pour la première fois, nous dînons tous les trois. George se sert deux fois de chaque plat, dévorant comme s'il n'avait rien mangé depuis des jours. Pendant le repas, je lui donne quelques indications sur le fonctionnement de la maison, et je lui rappelle qu'il sera seul la journée avec Sunny pendant que je travaille, mais cela ne paraît pas le déranger. Il demande simplement pourquoi Martha n'habite pas ici. Nous nous regardons avec Martha – cette question nous ne l'avons pas vue venir. Puis rapidement, Martha prend le relais en parlant de sa passion pour la photographie et de son amie qui possède une galerie où elle espère présenter ses photos. George la bombarde de questions, et elle semble prendre plaisir à lui répondre. Leur discussion porte également sur la poésie et le Japon. Il se trouve que Martha a séjourné quelques mois à Kyoto pour son travail précédent, ce qui ravit George. Il est complètement captivé par tout ce qu'elle lui raconte. Ce môme n'a d'yeux que pour elle.

Alors que je les observe, brusquement, les souvenirs avec Tom et Nina surgissent, se superposant à la réalité présente avec une netteté troublante. Chaque échange de regard, chaque geste éveille en moi des réminiscences de mon ancienne vie, qu'un poids invisible vient écraser. Bon sang, mais qu'est-ce qui m'arrive ? Si un jour quelqu'un m'avait dit, qu'à cette même table, à la place de Nina, il y aurait une autre femme et que celle de Tom serait occupée par un jeune égaré, j'aurais sûrement éclaté de rire, pensant à une blague bien tordue. Mais là, clairement, je n'ai pas envie de rire. Cette situation est surréaliste, si déconcertante que je me demande si la vie ne cherche pas à me mettre à l'épreuve une fois de plus, ou pire, si elle ne se fout pas de moi. Comment tout cela va-t-il finir ? En général, les dénouements heureux, on les trouve dans les livres et les films, mais dans la vraie vie, ça se passe comment ? Est-ce que, là encore, je dois m'attendre au pire ?

Martha perçoit mon trouble, et sans interrompre sa conversation avec George, elle pose délicatement sa main sur la mienne. Ce simple geste suffit à me calmer. Puis, sans que je puisse me l'expliquer, me revient cette phrase que m'a dite Mike, je ne sais plus à quel propos : « Quand même, la vie nous fait de belles surprises. »

Alors, à travers la fenêtre, je contemple le ciel constellé d'étoiles, et je déclame à voix haute, comme dans un souffle :

— Sous un ciel si clair, l'aube promet le soleil, demain jour radieux.

— Quoi ? crie George. Mais c'est complètement dingue, Abel ! Vous venez de faire un haïku !

— Ah, bon ? je fais, étonné. Vraiment ?

— Mais oui, c'est absolument génial ! N'est-ce pas, Martha ?

Martha me sourit et George m'adresse un regard malicieux et ajoute :

— Vous allez voir, vous allez y prendre goût.

HIER, J'AI PRIS SOIN de laisser un message à Paul, pour lui confirmer ma présence dès ce matin. Je lui ai également parlé de George, qui séjournera chez moi le temps de sa convalescence. Et, pour conclure, j'ai évoqué l'idée de les inviter, Katy et lui, à dîner chez moi en fin de semaine.

Avant, j'en avais discuté avec Martha, et lui avais proposé de se joindre à nous. Il était essentiel pour moi de lui faire comprendre que notre récent rapprochement ne me donnait aucun droit de décider à sa place. Je sais qu'elle a apprécié mon geste, puis elle a volontiers accepté l'invitation, j'étais content de ça.

À l'aube, je quitte la maison le plus discrètement possible, alors que tout le monde dort encore profondément. Avant de partir, je leur ai laissé un petit mot sur la table pour leur souhaiter une belle journée, dans lequel je dis à George de ne pas hésiter à m'appeler si besoin, parce que je sais que Martha partira dans la matinée.

J'arrive au camp en même temps que Paul. Il est encore tôt, le reste de l'équipe se trouve toujours dans le baraquement. Je gare Bly près de l'immense tas de grumes, et Paul vient à ma rencontre, arborant un large sourire. Ça me fait sincèrement plaisir, parce qu'après tous les épisodes qui ont marqué ma vie ces derniers jours, j'ai le sentiment que le temps s'est étiré au point de me donner l'impression que nous ne nous sommes pas vus depuis une éternité. Il s'avance tout près de moi, les yeux emplis de joie, et il me prend dans ses bras comme on étreint un frère, tout en me soufflant :

— C'est bien que tu sois là.

Puis, il contourne Bly en s'exclamant :

— Vraiment, Abel, il est magnifique, t'as fait une belle affaire !

Je m'appuie contre le pick-up et lui rétorque sur un ton ironique :

— Tu savais que Mike donne un nom à chacun de ses véhicules ?

Paul rit, puis répond :

— Oui, je le savais, j'ai eu droit aux présentations, moi aussi… C'est vrai qu'il est…

Machinalement il se gratte la tête, cherchant le mot juste pour qualifier Mike, puis lâche :

— Original, c'est ça, sympa mais original.

— C'est le moins qu'on puisse dire. Alors, je te présente Bly, ça veut dire « grand » !

Paul éclate de rire, puis nous entrons dans la cabane où se trouve le matériel de coupe et je l'aide à sortir quelques tronçonneuses pendant qu'il prépare sa feuille de route. Il s'arrête net et me lance tout en me dévisageant :

— Au fait, j'ai eu ton message hier, c'est vraiment chouette ce que tu fais pour ce môme, ça a bouleversé

Katy, il ajoute en souriant. Et j'ai vu avec elle, on sera là vendredi soir, ça nous fait très plaisir, et puis on a hâte de rencontrer ton petit protégé.

— Parfait, je dis.

Puis il ajoute à voix basse :

— Tu sais, j'suis content pour toi, elle est géniale, Martha !

Je vois dans ses yeux combien il est sincère. Il me tend les casques et les vestes de sécurité et balance, l'air de rien :

— Ce matin, tu vas faire équipe avec Franck parce qu'on a pris du retard sur la parcelle 14, et il me manque des mecs, et je sais qu'avec vous deux ça va dépoter. C'est bon pour toi ?

J'acquiesce d'un signe de tête, mais en vérité, sa décision ne me réjouit pas.

Alors qu'on sort de la cabane, chargés de matériel, Franck apparaît soudain devant nous. Je remarque immédiatement son expression embarrassée – c'est sûr, il a écouté notre conversation… Il nous salue rapidement, avant de reculer vers le brasero où se trouve le reste de l'équipe.

Je le suis du regard et, déjà, trois mecs l'entourent. Je sais bien que c'est le genre de type qui prend son pied en fouinant dans la vie des autres, comme s'il n'avait que ça à faire. *Quel con,* je pense, et ça m'énerve, mais aussitôt, je me dis que ce mec ne mérite même pas que je m'y intéresse. Après tout, il peut bien raconter ce qu'il veut à qui voudra l'entendre, ça lui fera sa petite minute de gloire.

J'arrive le premier sur la parcelle 14. Je dépose le matériel à terre et me dirige vers les arbres, repère ceux qui sont marqués et que je n'abattrai pas. Un peu plus loin, juste à l'endroit où j'ai posé mes affaires, il y a un magnifique épicéa. J'en fais le tour, caresse son tronc et murmure doucement :

— Désolé, mon gars, je vais te faire tomber aujourd'hui.

Ensuite, je vérifie l'état de tension de la chaîne de ma tronçonneuse avant de remplir le réservoir d'essence. Dans mon champ de vision, j'aperçois Franck qui se dirige vers moi. Il se rapproche davantage, mais je ne dis rien et reste concentré sur mes gestes. Je savais bien que ce type reviendrait à la charge. Et comme je le sens toujours là, je m'interromps, me lève et me retourne vers lui.

— Ouais, qu'est-ce qu'il y a ?

Il se tient là, avec une drôle d'expression sur le visage, sa tronçonneuse à bout de bras, et il me lance :

— Tu peux regarder ma chaîne ? J'ai l'impression qu'un truc la bloque.

Je l'observe, étonné. Quelque chose ne tourne pas rond. Il fait partie des meilleurs d'entre nous, et en général, il sait gérer seul ce genre de détails.

— Ben, t'as qu'à la démonter ! je lui lance, puis je retourne à ma tronçonneuse.

— Écoute, il fait en s'avançant, je voulais te dire que je suis désolé pour la dernière fois.

Je le regarde en fronçant les sourcils et lui demande :

— Quelle dernière fois ? De quoi tu parles ?

Mais en réalité, je sais exactement de quoi il s'agit, alors je le plante là, sans attendre ses explications.

— Allez quoi ! Tu sais bien, l'autre fois, ma blague, c'était con, vraiment.

J'ai envie de lui dire d'aller se faire voir ailleurs, mais je garde mes mots coincés dans ma gorge. J'enfile ma veste de sécurité et attache mon casque quand, soudain, il me tape sur l'épaule et crie presque :

— J'ai dit que je m'excusais !

Je me retourne vers lui et lui lance :

— Suis pas sourd, Franck, j'ai entendu, OK !

Puis, je plaque au sol la tronçonneuse, enclenche le starter et tire d'un coup sec sur le lanceur pour la démarrer. Franck reste planté là. *Bordel, qu'est-ce qu'il veut ?* J'attends quelques instants, puis je coupe l'engin, me retourne une nouvelle fois vers lui, le fixe avec une expression qui dit clairement que je n'ai pas de temps à perdre.

— T'attends quoi ? je grogne.

— Dis, il lance finalement, c'est à toi, le pick-up bleu ?

— Quoi ? je fais, consterné par sa question.

Il ne dit rien, il attend que je réponde.

— Oui, c'est le mien, je lance brièvement, espérant qu'il comprenne que je veux en rester là.

Il hésite un instant, puis hoche la tête d'un air pensif.

— Ah, c'est bien ce qu'il me semblait. Je t'ai vu l'autre jour dans ton pick-up avec un jeune à côté de toi. C'est celui que t'as retrouvé dans la montagne ? J'ai bien pensé à ton fils, mais si tu l'avais retrouvé, on aurait tous été au courant…

Je resserre ma prise sur la tronçonneuse, sentant la tension monter dans mes muscles.

— Explique-moi en quoi ça te regarde, je balance d'un ton sec.

Franck lève les mains en signe de défense :

— Oh là ! D'accord, je disais ça comme ça. Je pensais juste que c'était bizarre de te voir te balader avec un jeune dans ta bagnole, c'est tout !

La colère monte, mais je fais de mon mieux pour la contenir. Ça vibre dans mes veines, et je sais qu'il ne faudrait pas grand-chose pour que je perde le contrôle. J'ai qu'une envie : lui sauter à la gorge. Mais je me retiens. Je me retiens parce que c'est exactement ce qu'il cherche. Un fouille-merde, voilà ce qu'il est. Pourtant, l'envie de lui mettre mon poing dans la gueule me démange, mais je ne bougerai pas. Le mieux à faire, c'est l'ignorer, parce que, des types comme lui qui cherchent les embrouilles, j'en ai croisé un paquet dans ma vie. Des coups, j'en ai donné aussi, mais ça ne sert à rien en fin de compte, alors je décide de lui tourner le dos, espérant qu'il se lassera et, après une grande inspiration, je lui lance sèchement :

— Excuse-moi, mais je n'ai pas de temps à perdre avec ce genre de conneries…

Et pour lui faire comprendre qu'il ne se passera rien d'autre, du moins pas ce qu'il attend, je redémarre ma tronçonneuse et la positionne en avançant vers le tronc. Je tourne la tête pour m'assurer qu'il n'est plus là, et en effet, il n'y est plus. *Quel con*, je pense, puis j'entame le tronc, en me concentrant sur ce que je fais.

Quand le soleil commence à raser l'horizon, je remballe mon équipement et retourne au camp. Franck a déjà quitté la parcelle. Certains des gars des autres équipes attendent devant la baraque pour y déposer leur tronçonneuse. Paul les fait passer un à un en pointant le matériel. Soudain, des pneus crissent sur la terre boueuse et je reconnais le son caractéristique du 4 × 4 de Franck qui démarre à toute allure.

— Oh ! je lance. Il est pressé !

À côté de moi, Paul lève la tête de son cahier et dit :

— Ouais, il a reçu un coup de fil, ça avait l'air urgent.

Et je m'entends dire :

— J'espère que ce n'est pas grave.

Et vraiment, à l'instant où je l'ai dit, je l'ai pensé. Paul ajoute que c'est sûrement son père qui a dû faire encore un malaise à cause de son problème de diabète.

— Ah ? je fais, et je repense à ce qui s'est passé ce matin. Ça me serre le bide. Je prends conscience que ce n'est pas de la colère, mais une sorte de pitié. Peut-être que ce gars est submergé par les emmerdes. Au fond, je ne sais rien de lui. J'ai vu des mecs sombrer à cause des ennuis qui leur tombent dessus sans arrêt. Je sais que ça peut te faire perdre la tête, te pousser à dire ou faire n'importe quoi. Je dis ça parce que moi aussi, à un moment donné, j'ai dû briller par ma connerie.

Après avoir donné un petit coup de main à Paul, je salue tout le monde rapidement. L'envie de rentrer, de retrouver George, me tenaille. Je suis étonné qu'il n'ait pas cherché à me contacter de toute la journée. Je fouille spontanément mes poches à la recherche de mon téléphone, mais je ne le trouve pas. Une montée de panique m'envahit, puis je me rappelle l'avoir posé sur la plage avant de Bly. Du moins, c'est ce que je crois. Je le cherche, mais il n'est plus là.

Je regarde partout, sur les côtés, sur et sous les sièges avant et arrière, dans le vide-poche, même dans la boîte à gants. Rien.

— Bon sang, je crie, c'est pas vrai !

Je sors de la voiture et scrute tout autour de Bly, mais en vain. Il n'est nulle part. Je reviens sur mes pas, demandant à Paul qui ferme la cabane s'il n'a pas trouvé mon portable.

— Non, il fait, l'air désolé.

Je retourne sur la parcelle en courant, inspecte les environs, mais toujours rien. Mon téléphone a disparu.

Une vague de frustration et d'impuissance m'envahit. Je repasse mentalement ma journée, essayant de me rappeler où j'aurais bien pu le laisser. Rien.

Je me sens idiot, et je pense à George. Il va sûrement s'inquiéter. Alors, je fais demi-tour. Je grimpe dans Bly et file à toute allure vers le chalet.

Une fois arrivé, je donne un petit coup de klaxon pour signaler mon retour. Je descends de la voiture en vitesse, comme si je sentais que quelque chose n'allait pas. Pressé, inquiet aussi sans pouvoir l'expliquer, je monte les marches deux par deux. J'ouvre la porte en grand et lance sur le seuil :

— George, c'est moi, je suis rentré !

Mais George ne répond pas. Je me mets à crier :

— Sunny ! Sunny !

Rien, pas de chien, pas un bruit, pas un grincement de plancher. Il n'y a que le silence. Un silence glacial, et dans ma poitrine je sens mon cœur battre à tout rompre.

Je me précipite dans la chambre de George, et constate avec effroi qu'elle est vide. Je regarde sous le lit, ouvre les placards, je cours dans toutes les pièces, celles du bas et du haut, il n'est pas là, le môme, je me dis, c'est pas possible, il n'a pas pu disparaître comme ça ! Une bouffée de panique monte en moi alors que je fouille chaque recoin de la maison, espérant le trouver caché quelque part. Mais rien. Personne.

Je sors, le souffle court, et je crie à nouveau son nom.

— George, George !

Mais la seule réponse qui me parvient est le silence assourdissant des bois environnants. C'est sûr, il est arrivé quelque chose. Je saute dans la voiture et fonce chez Martha. Peut-être que George est là-bas. Sur la route, au début je vais doucement, au cas où il serait parti se balader avec le chien. Je scrute les alentours, mais je ne vois ni George ni Sunny. J'appuie un peu sur l'accélérateur, passant en revue chaque possibilité. Est-ce que j'ai bien vérifié partout ? La remise, merde, j'ai oublié de regarder dans la remise. Mais je suis déjà trop loin pour faire demi-tour, alors j'essaie de me rassurer en me disant qu'il doit être chez Martha, forcément.

J'arrive chez Martha. Je sors de la voiture d'un bond, me précipite à sa porte et frappe deux coups. J'entends Sunny aboyer à l'intérieur. *Bon sang*, je pense en soufflant, et immédiatement, mon corps se relâche. Alors, je prends une grande inspiration juste avant que Martha n'ouvre la porte.

— Bonjour, Abel, elle dit en me voyant. Tu fais une drôle de tête, ça va ? elle ajoute avant de m'embrasser.

— George est là ? je demande aussitôt, inquiet.

— Oui, bien sûr, elle répond, étonnée.

J'entre dans la maison.

— Tu n'as pas vu notre mot ?

— Ben non, je fais, agacé, sinon je n'aurais pas eu cette fichue frayeur.

— C'est pas faute d'avoir essayé, mais on n'a pas réussi à te joindre, alors on t'a laissé un petit mot, pour te dire que George venait avec moi pour la journée, elle explique. Le mot est sur le frigo.

— Je ne l'ai pas vu, je réponds, désolé.

Puis je vois George, l'air chagriné, se levant péniblement du canapé à l'aide de ses béquilles.

— Oh, mince, ça m'ennuie que vous vous soyez inquiété comme ça, il dit de sa petite voix frêle. Je vous ai laissé trois messages mais vous ne m'avez pas rappelé...

— J'ai perdu mon téléphone, enfin, je crois, je lâche, dépité.

— Ah ! fait George. C'est pour ça...

Martha m'invite à m'asseoir.

— Évidemment, elle dit, je ne vais pas te demander où tu l'as perdu, parce que tu l'aurais retrouvé !

Je la regarde en souriant.

— Au boulot, c'est sûr, mais, où ? Je n'en sais rien, il a dû glisser de ma poche, je le retrouverai peut-être demain...

— Sinon, il vous en faut un autre ! lance George, déjà prêt à m'accompagner pour m'aider à en choisir un nouveau.

— Oui, je dis, on verra ça.

Puis Martha me demande si je veux boire quelque chose. Je réponds oui, lui souris et me détends un peu. Je raconte ma journée, qui pour moi n'a pas grand intérêt, mais qui passionne George. Il est toujours friand de détails, comme s'il voulait tout savoir sur ce que je fais, et parfois, dans ses grands yeux ciel d'été, il y a comme de l'admiration, et j'avoue que ça me touche. Alors, je lui parle de la routine au travail, je raconte les défis rencontrés dans la forêt, je lui explique comment on scie un arbre, et il est là à me regarder comme un gosse à qui on raconte une histoire.

Ensuite, Martha disparaît dans la cuisine pour chercher des boissons. Je la rejoins et m'exclame :

— Bon sang, quelle journée ! En plus, y a un type qui me cherche des embrouilles au boulot.

— Ah bon ? Mais pourquoi ? Tu lui as fait quelque chose ?

— Non, je ne sais pas ce qu'il a. Ce matin, il a vraiment essayé de me provoquer. J'espère juste que ça ne va pas aller plus loin.

Martha me tend un verre de vin et demande :

— Tu en as parlé à Paul ?

— Non, tu sais, il a autre chose à faire que de se farcir les petites querelles de ses ouvriers. C'est sûrement rien.

Déjà, je regrette d'en avoir parlé, alors, histoire de changer de sujet, je m'approche d'une cocotte posée sur le feu et je lance :

— Humm, ça sent bon !

Je me retourne vers Martha et lui demande, affamé :

— Qu'est-ce que c'est ?

Elle s'approche de moi tendrement et me dit :

— Si tu veux le savoir, il faudra rester dîner !

Je ne peux m'empêcher de sourire et, naturellement, je l'enlace lorsque George apparaît dans l'embrasure de la porte et déclare :

— Ce matin, quand je me suis réveillé avec Sunny contre moi, j'ai cru que j'étais au paradis.

C'est lui qui a raison, je ferais bien de m'en inspirer un peu. Alors, je lui souris, juste ça, parce que dans ces moments-là, les mots ne servent à rien.

La veille, Paul m'a appris le décès du père de Franck. Du coup, Franck n'est pas revenu au travail. Comme Paul connaissait bien son père, il a assisté aux funérailles. Il m'a confié la gestion de l'équipe pour la matinée. Gérer les gars, ce n'est pas vraiment mon truc, mais dans ces circonstances, je n'ai pas d'autre option. Paul compte sur moi.

Ce matin, en arrivant au camp, un collègue s'approche de moi, mon portable à la main. Il a l'air embarrassé. Curieux, je lui demande où il l'a trouvé.

— C'est Franck qui l'a trouvé, il dit, il me l'a donné pour que je te le rende.

— Quand ça ? je demande, intrigué.

— Hier soir, juste avant qu'il ne parte brusquement. Il ne pouvait pas attendre que tu reviennes.

Je prends mon téléphone qu'il me tend en essayant de masquer mon étonnement et je dis :

— OK, merci, Dan.

Il me regarde bizarrement, et je réalise que je lui ai parlé sur un ton un peu sec, comme je l'aurais fait avec Franck. Alors, je répète avec un sourire et en baissant d'un ton :

— Merci, Dan, merci beaucoup.

— Pas de quoi, il répond.

Puis nous nous dirigeons vers les parcelles pour commencer notre journée de travail.

C'est idiot, mais je suis convaincu que Franck ne l'a pas *trouvé* comme Dan me l'a dit. Je suis presque certain qu'il l'a pris dans mon pick-up. Je ne suis pas fou, ni assez vieux pour être sénile au point d'oublier ce que je fais de mes affaires. Je me revois encore le poser sur la plage avant du pick-up, et comme ici personne ne ferme sa voiture, il en a profité pour le prendre pendant mon absence. Ce que je ne comprends pas, c'est pourquoi il a fait ça. Qu'est-ce qu'il cherche ?

Je viens de passer une heure à me torturer l'esprit à ce sujet, pour finalement comprendre que cela ne mène nulle part. Bon sang, ce type vient de perdre son père, après tout ! Et encore une fois, un tas de pensées idiotes tournent en boucle dans ma tête. Des pensées inutiles.

En début d'après-midi, Paul nous rejoint sur la parcelle, et le soir venu, à nous deux, nous avons rattrapé tout le retard. Il est sacrément content, Paul, et moi aussi, du coup.

Je lui demande les coordonnées de Franck, pour le remercier d'avoir trouvé mon portable et aussi pour lui présenter mes condoléances, comme si j'avais besoin d'une excuse… Paul ne relève pas et me donne son numéro de téléphone.

En allant rejoindre George qui a passé une autre journée chez Martha, je l'ai appelé. Ce n'était pas si facile que ça, en fait. Il va de soi que lui et moi, on n'a rien en commun, à part le boulot. Pour être clair, je n'ai pas vraiment de sympathie pour ce type. Aussi, je voulais que ça soit rapide, mais bon, on a bavardé un peu, surtout lui. Il avait l'air touché que j'appelle. Du coup, je l'ai remercié pour le téléphone. À ça, il n'a rien répondu.

Il m'a raconté que Paul était passé, que la cérémonie était émouvante, qu'il y avait eu un peu de monde quand même. Il a aussi pris de mes nouvelles, et franchement, ça m'a surpris, ce n'était pas le Franck de ces derniers jours.

C'est étonnant comme la mort te rend modeste, combien tu te sens petit face à elle, combien tu changes aussi… Ça te fait relativiser sur un paquet de choses. Je le sais, pour l'avoir vécu, moi aussi. Puis, dans sa voix j'ai compris la peine, alors je ne me suis pas attardé. Je lui ai souhaité bon courage. C'est tout. À cause de cette foutue pudeur ou parce que les mots qu'il faut dire dans ces moments-là ne venaient pas. Je ne sais pas.

Et j'ai fini par lâcher un truc comme « À bientôt ».

Sur la route, soudain, il se met à pleuvoir. Une pluie battante, une véritable averse d'automne, drue, puissante, comme si le ciel en avait gros sur le cœur et qu'il fallait à tout prix qu'il lâche ses trombes de tristesse.

Les nuages grisâtres se sont amoncelés dans le ciel, obscurcissant l'horizon, ça plonge le paysage dans une semi-obscurité. Les brumes qui montent de la terre cachent en partie ma montagne, ne laissant visible que son sommet.

De chaque côté de la route, je ne vois que les premiers troncs de la forêt, le reste est englouti dans une épaisse noirceur et l'asphalte luit comme un miroir. Je l'ai déjà dit ; ici, le temps change vite.

En roulant, je repense à ce que Franck m'a dit à propos de son père et combien il avait eu du mal à le reconnaître, tant l'expression de douleur avait déformé son visage. Ça l'a complètement retourné. Et je comprends ce qu'il a ressenti. Moi, quand j'ai retrouvé mon père mort dans son lit, ce matin de juin, la première chose que j'ai regardée, c'était ses mains. Mes yeux ont mis du temps à trouver le courage de remonter plus haut. J'avais peur, alors je suis resté fixé sur ses mains un long moment. Elles étaient larges, calleuses, abîmées par toutes ces années de travail. Je me souviens de leur force, de la manière dont elles pouvaient m'attraper et me soulever du sol sans effort. Des larmes qu'elles ont fait couler sur mes joues d'enfant. De la façon dont elles travaillaient le bois, de leur habileté, des choses belles qui naissaient d'elles, et des moches aussi.

Je me souviens avoir comparé ses mains avec celles de l'homme que j'étais devenu. J'y ai trouvé des ressemblances troublantes. Mes mains étaient devenues aussi larges, aussi marquées par le travail que les siennes. Et je me suis demandé si elles avaient suivi le même chemin, si elles aussi avaient refusé de donner de la tendresse. Avaient-elles su être rassurantes, réconfortantes, aimantes ? La réponse, je la connais.

Je serre le volant plus fort.

Les gouttes d'eau tambourinent violemment sur le toit de Bly, ça résonne dans l'habitacle. J'aime ce bruit, j'aime la pluie. J'ouvre un peu la fenêtre, pour respirer mieux, et je sens la terre mouillée, elle exhale cette odeur d'humidité, de boue, de mousse, de bois, ça fait comme un bouquet de saveurs nouvelles, et déjà, je vais mieux.

Dès que je passe la porte chez Martha, Sunny déboule en aboyant comme un fou. J'ai droit à des coups de langue et des jappements de bienvenue. Ce chien déborde d'énergie. Peut-être qu'il serait temps de l'initier à la chasse et au pistage. Qui sait, il pourrait bien être bon dans ce domaine.

— Brave chien ! je dis en lui tapotant les flancs. Gentil Sunny, gentil.

Martha attend, un sourire radieux sur le visage. On se serre fort, comme si on ne s'était pas vus depuis des lustres. Quand je sens sa chaleur contre la mienne, ça tourbillonne à l'intérieur de moi. Les quelques papillons qui dansaient dans mon ventre se sont métamorphosés en une véritable nuée.

Toujours imprévisible, George surgit à sa suite et, avec un air solennel, me déclame un haïku qu'il vient de composer. Je ne comprends pas tout, encore une fois, bien qu'il le récite deux fois, comme à son habitude. Mais je le félicite et le remercie en lui ébouriffant les cheveux. Après, je regrette mon geste. Je sais qu'il attendait autre chose.

Je fais comme si de rien n'était.

Ils ont encore passé la journée ensemble. Je suis à la fois soulagé et un peu jaloux en les voyant si complices. C'est idiot, mais je ne peux m'empêcher de voir George comme une espèce de rival. Il semble si proche de Martha, et ça me pique de savoir qu'il partage avec elle ces moments qui ne sont qu'à eux. Ça me rappelle Tom et Nina. Ils se confiaient des tas de trucs qu'ils ne me disaient jamais. Ça m'agaçait parce que je pensais que, comme beaucoup de garçons, Tom aurait dû être plus proche de moi que de sa mère.

Ce n'était pas le cas. Souvent, je me suis reproché de ne pas avoir agi comme il aurait fallu lorsqu'il était petit. Ces liens-là, il faut les tisser dès le plus jeune âge. Faut dire aussi qu'elle le couvait, son poussin, et ça ne me laissait pas beaucoup de place. C'est ce qui a créé une certaine distance entre mon fils et moi. Mais au fond, je suis bien conscient que ce n'est pas la seule raison ; il y avait toujours cette froideur que l'on peut lire sur mon visage, puis il y avait mes silences, mes absences aussi. J'ai cette fichue impression que l'histoire se répète avec George. Pourtant, je jure faire de mon mieux, mais je me sens maladroit, coincé, comme si la tendresse et l'empathie menaçaient ma pudeur. Connerie de pudeur.

J'envie les femmes. Elles appréhendent le monde et tout ce qui s'y trouve d'une manière qui nous échappe à nous, les hommes. Et ce qu'elles font, elles le font avec une grâce et une sensibilité qui nous manquent cruellement. Leur force ne réside pas seulement dans leur endurance, mais dans leur capacité à écouter, à comprendre, à être au monde. Elles perçoivent des nuances que nous ne voyons pas, ressentent des émotions que nous peinons à exprimer.

Leur empathie est désarmante, leur patience infinie. Elles sont la lumière qui éclaire nos ténèbres.

Je regrette de ne pas être capable de ça. Connerie de pudeur, encore.

Je sais que George trouve du réconfort auprès de Martha et, à vrai dire, je préfère le savoir avec elle plutôt que seul au chalet à m'attendre toute la journée avec pour seule compagnie un chien. Même s'il est formidable, ce chien, mais c'est pas lui qui peut faire la conversation.

Parfois, dans le regard de George, il m'arrive de voir un enfant, blessé, fragile, tellement fragile. Il ne souhaite qu'une chose : un peu de tendresse, comme une prière, il espère que je lui ouvre mes bras, et ça me glace de ne pas en être capable, je veux dire, de le prendre dans mes bras et de le serrer fort. De le réconforter, de lui assurer que tout ce qu'il a vécu, eh bien, ce n'était pas de sa faute, qu'il ne l'a pas mérité, mais ces mots-là ne franchissent pas le seuil de ma bouche, et mes bras ne se referment pas autour de lui. Connerie de pudeur. De peur. C'est la peur qui empêche.

Je ne sais pas ce qu'il se passerait s'il venait à se jeter dans mes bras, mon cœur se serre déjà en imaginant ce que cela produirait chez moi. Un refus, une répulsion parce qu'il n'est pas Tom, voilà la vérité.

Parce qu'une partie de moi reste figée dans le temps, une évidence comme une claque. Connerie de souffrance, de faiblesse, de lâcheté.

Heureusement que Martha est là.

Ce soir, elle a attaché ses cheveux et quelques mèches retombent sur sa nuque délicate. *Qu'elle est belle,* je me dis. Chaque instant près d'elle est presque trop parfait pour être réel. Je réalise à quel point elle compte pour moi. C'est une émotion gigantesque qui me submerge. J'ai des sentiments pour elle, tellement que ça déborde. Et au-dedans, ça me fait comme cette cascade, là-bas à l'ouest, celle qui chute des hauteurs de la montagne dans un tumulte bouillonnant.

Mais ces mots, je ne les lâche pas. Ils doivent être tus pour que le dehors ne les souille pas.

Parfois, je plonge mon regard au plus profond de ses yeux pour atteindre ce qu'elle est, son essence. C'est à cet instant précis, en silence, que je lui confie que chaque moment partagé à ses côtés est immense, puis je détourne le regard, parce que je ne voudrais pas qu'elle y voie mes peurs et toute cette laideur que je cache, autant que possible.

Je m'affale sur le canapé, juste en face de la cheminée. La journée a été longue, épuisante à tout point de vue. Sunny se love à mes pieds. Martha et George sont dans la cuisine. Je jette un coup d'œil à la table qu'ils ont dressée avec soin, j'imagine que c'est pour fêter quelque chose... En vérité, je n'ai aucune idée de ce qui se trame, et je n'ai pas la force d'essayer de deviner, je laisse mes yeux accrocher les flammes qui vacillent dans l'âtre.

Après nous être installés autour de la table, Martha allume quelques bougies et débouche une bouteille de vin.

— Oh ! je m'exclame. Mais qu'est-ce qui se passe, qu'est-ce qu'on fête ?

George échange un regard complice avec Martha avant de répondre :

— En fait, nous avons une grande nouvelle à vous annoncer ! il lance fièrement.

— Ah bon, je fais, très bien, alors je suis tout ouïe.

Martha me regarde en souriant et George reprend :

— C'est à présent officiel, je suis l'assistant de Martha !

Puis il se rapproche doucement d'elle et pose sa tête contre son bras.

— Je suis le plus heureux de tous les assistants du monde !

— Hé, je lance, pour une nouvelle c'est une sacrée bonne nouvelle ! Et tu peux m'expliquer en quoi va consister ton job ?

Martha prend la parole, visiblement enchantée :

— Figure-toi que George va non seulement m'assister dans le choix et le développement des photos, mais il va également écrire des haïkus pour les accompagner. C'est son idée, et je la trouve absolument géniale, elle dit en remplissant nos verres.

— En effet, je dis, c'est formidable !

— J'ai déjà fait une sélection de quelques clichés, explique Martha en se levant pour me les montrer, et j'attends impatiemment notre randonnée au lac pour en prendre de nouveaux. Tu m'as dit que les paysages là-bas sont magnifiques et parfaits pour ce projet.

George ajoute, avec enthousiasme :

— Je suis vraiment excité par cette collaboration. J'ai déjà commencé à travailler sur quelques haïkus.

Il s'empresse de sortir de la poche arrière de son jean son petit carnet à la couverture noire, un de ceux que j'avais honteusement parcourus.

— Écoutez ça, Abel : « Lac immobile, Reflet des montagnes fières, Silence éternel. »

Et il le répète une deuxième fois.

— Bravo, je lance, c'est magnifique.

Ensuite, je me concentre sur les photos que me montre Martha. C'est du noir et blanc. Des arêtes obliques de buildings, des voies de chemins de fer désaffectées qui se fondent dans le lointain, la vallée blanche de neige et au fond, on devine ma montagne.

— C'est très beau, je fais en lui rendant les clichés, vous allez faire une équipe formidable, tous les deux.

Martha est visiblement touchée.

— Merci, elle lance, nous espérons que cette série de photos et les haïkus de George apporteront une nouvelle dimension à mon travail.

Dans un élan de joie, elle nous invite à trinquer en levant son verre.

Pendant le repas, Martha et moi sommes subjugués par George. Il ressemble à un petit animal sauvage. Ses yeux scrutent chaque plat avec avidité, ses narines flairent l'air avec impatience. Dès qu'un plat approche, ses mains se jettent dessus, agrippent la nourriture sans attendre. Il mange rapidement, mâchant à peine, dévorant chaque bouchée comme un loup affamé. Ses couverts, il ne les utilise pratiquement jamais, il se sert essentiellement de ses mains. Ses gestes sont précipités, désordonnés et trahissent une faim insatiable. Par moments, il lève la tête, jetant des regards furtifs pour s'assurer que personne ne lui volera sa part. Alors que Martha et moi avons à peine entamé notre steak, lui a déjà vidé son assiette… Ensuite, il suce ses doigts et éponge le reste du jus de viande avec une grosse tranche de pain qu'il engloutit en une fraction de seconde. J'ai pensé une fois lui demander de mieux se tenir à table, mais j'ai réalisé que, d'où il venait, on ne le lui avait sûrement pas appris. Il avait dû être rationné en plus de tout le reste. Qu'est-ce que ça peut faire, après tout ? Et je vois bien, au regard tendre qu'elle pose sur George, que Martha pense comme moi.

Pour éviter d'avoir les yeux braqués sur lui, j'aborde le sujet de l'excursion. Je propose le week-end prochain. Martha se réjouit, puis ajoute qu'elle est quand même triste que George ne puisse pas nous accompagner. Je comprends ce qu'elle ressent, et j'explique que la jambe de George n'est pas suffisamment solide pour marcher autant, ce serait lui faire prendre des risques inutiles.

— Tu ne seras pas seul, je dis, un peu embarrassé, Sunny sera avec toi !

— Ah, il fait, tant mieux, j'avais peur que vous l'emmeniez avec vous. Alors, partez tranquilles, ne vous inquiétez pas pour moi, puis je pourrais toujours appeler Martha s'il y a un souci, mais je ne sais pas si, là-haut, vous aurez du réseau.

— Ah, je lance, j'avais complètement oublié de vous dire : j'ai retrouvé mon portable !

— Oh, super ! répond George.

— Oui, je suis à nouveau joignable, je dis en lui faisant un clin d'œil.

Évidemment, je ne m'attarde pas sur les détails, et ne mentionne pas Franck, non plus. Je reviens rapidement sur notre future randonnée, en donnant quelques détails sur le lac que je connais un peu et sur les environs qui sont de toute beauté.

— Oui, j'acquiesce en répondant à sa question, on partira à l'aube, tu pourras capturer les premières lueurs du jour avec ton appareil photo. Il faudra que je prépare notre équipement, vérifie nos sacs à dos et que je m'assure de notre itinéraire. Ne t'attends pas à une simple promenade, je lance en souriant ironiquement, ça risque d'être intense, faudra grimper les pentes escarpées du col avant d'atteindre les rives tranquilles du lac.

— C'est pas un problème, rétorque Martha, j'ai plus d'une randonnée dans les jambes !

— Parfait, je dis, faut juste que je m'assure du temps, avec la pluie qui tombe, pas sûr qu'on ait besoin de la motoneige de Paul. Peut-être qu'on pourra avancer jusqu'aux sentiers avec Bly, avant de continuer à pied.

George sourit, et dit qu'il a hâte de voir les clichés de Martha pour se mettre à l'écriture de ses haïkus.

Après le repas, nous restons un petit moment dans le salon. George, toujours curieux, me demande de lui raconter ma journée, encore. Alors, je commence à conter – je dis conter parce qu'il adore les histoires. Je débute par ma journée de bûcheron, en enjolivant les détails pour capter son attention.

Ensuite, je lui révèle qu'en fin de journée j'ai aperçu une silhouette furtive entre les arbres. Et qu'il y avait de fortes chances pour que ce soit un loup. Et qu'un peu plus tard, j'en ai eu confirmation en entendant leur chant mystérieux résonner dans la forêt. Leurs hurlements semblaient venir de tous les côtés à la fois.

George, avec un sourire espiègle, ne peut s'empêcher de commenter :

— Parfois, Sunny hurle aussi comme ça.

Soudain, il réalise qu'il m'a coupé la parole, s'excuse avec un geste de la main et me demande de continuer. Amusé, je reprends le cours de mon histoire :

— Donc, après avoir entendu ces hurlements, j'ai décidé de m'approcher un peu plus près. C'était risqué, mais il fallait que je sache. Alors, j'ai marché doucement dans la forêt, en faisant le moins de bruit possible pour ne pas me faire repérer. Et là, dans une clairière baignée de lune, j'ai eu la chance d'observer une meute entière de loups. Il y avait des individus de tous âges et de toutes tailles : de majestueux mâles dominants avec leur pelage épais, des femelles élégantes aux yeux vifs, et deux jeunes louveteaux jouant autour de leur mère protectrice. Leur pelage était une palette unique et nuancée de gris et de bruns, et la lune leur donnait des reflets argentés. Et dans leurs yeux, il y avait cette lueur dorée, qui révélait à la fois leur sauvagerie et leur intelligence. Leurs voix s'élevaient en parfaite harmonie, se mêlant au vent qui soufflait à travers les arbres. Ça ressemblait à une étrange symphonie qui résonnait dans toute la clairière.

C'était un sacré truc, à te donner des frissons.

— Tu sais, je conclus, j'ai eu de la chance, parce que peu d'hommes peuvent se vanter d'avoir vu ça. Ensuite, comme je savais que vous m'attendiez, j'ai quitté la clairière, en restant le plus discret possible pour ne pas les déranger.

George écoutait attentivement, ses yeux pétillaient d'excitation. Sa bouche était restée légèrement entrouverte durant tout le récit. Comme un gosse, j'ai pensé, un gosse fasciné par l'histoire qu'on lui raconte. Puis j'ai lancé, en changeant de ton volontairement :

— Voilà, George ! Je crois qu'il est temps que nous rentrions nous coucher !

Et Martha a pris ma main qu'elle a serrée fort dans la sienne.

QUAND GEORGE SE LÈVE ENFIN et met un pied dans la pièce à vivre, je jette instinctivement un coup d'œil à la petite pendule accrochée au mur. Les deux aiguilles sont parfaitement alignées sur le douze. Sunny bondit de son tapis et se précipite à sa rencontre.

— Bonjour, George, bien dormi ? Tu as faim ? je demande.

— Bonjour, Abel, il répond doucement, les yeux encore pleins de sommeil.

— Oui, une grande faim. Juste que ce matin, ma jambe me lance un peu.

Puis il s'adresse à Sunny, le couvrant de caresses.

— Hé, Sunny ! Comment vas-tu ?

Et Sunny entame une sorte de danse de la joie.

— Tu veux prendre quelque chose pour la douleur ? je propose.

— Non, ça va passer, merci.

— Alors, je te prépare quelque chose à manger ? des pancakes ?

— Non, merci, il fait en avançant lentement jusqu'à la cuisine, puis en regardant la poêle sur la gazinière, il demande :

— Qu'est-ce que vous faites ? Ça sent rudement bon.

— Ah, je réponds tout en surveillant la poêle, ce sont des œufs et du lard. Sinon, toujours pas de café ? je lance, amusé.

— Hé non, toujours pas, il répond en souriant. Je reste au thé, mais bien tenté ! Ne vous embêtez pas, je vais m'en occuper. Je me suis endormi drôlement tard, hier, c'est à cause de mon livre, je n'arrivais pas à le lâcher ! Et vous ? Vous êtes levé depuis longtemps ?

— Disons qu'à sept heures, j'ai ouvert un œil, à sept heures trente, j'étais habillé. Je ne suis pas un gros dormeur, en fait.

— Hum, vous êtes un costaud, vous, c'est pour ça ! il réplique en cherchant une tasse.

— Tu sais, tu pourrais peut-être arrêter avec les « vous ». Tu peux me dire « tu », ça ne va pas changer la face du monde, je dis en riant doucement.

Il s'arrête net, pose la casserole qu'il remplissait d'eau et me regarde avec sérieux.

— Certainement pas ! Vous vouvoyer est, me semble-t-il, la moindre des choses. Vous êtes mon sauveur, mon héros. Vous tutoyer enlèverait de la brillance à votre stature ! Ce serait vous faire descendre du piédestal sur lequel votre bravoure vous a dressé.

— Quoi ? je dis, surpris. Qu'est-ce que tu racontes ?

— S'il vous plaît, Abel, n'insistez pas, de toute façon, je ne pourrais pas faire autrement.

Puis, il continue de remplir la casserole et la pose sur la fonte du poêle.

Je le fixe, étonné, puis il ajoute sur un ton désinvolte :

— Ne faites pas cette tête ! J'ai tout de suite vu que vous étiez un homme humble, je sais qu'il va vous falloir du temps pour accepter l'estime que je vous porte. Mais ça n'a pas d'importance, je suis patient.

Estomaqué, je ne réponds rien. Je fais glisser les œufs et le lard dans une assiette et file m'asseoir à table.

Pendant ce temps, George se met à préparer des tartines. Il sort trois tranches de pain de mie du sachet. Sur la première, il étale généreusement du beurre de cacahuètes, il badigeonne la deuxième de confiture de myrtilles, et sur la troisième, il plaque d'un coup sec deux tranches de fromage et enfin, ajoute quelques rondelles de saucisse fumée. Ensuite, il empile les trois pour en faire un sandwich dans lequel il mord avec voracité.

— Bon sang, je lance, sacrée recette !

La bouche pleine, il articule tant bien que mal :

— Ch'adore le chucré-chalé ! Puis cha fait du tout en un !

Je le regarde, amusé.

— Est-ce que tu inventes souvent des combinaisons aussi originales ?

Il sourit en avalant la dernière bouchée.

— Hum… oui, tout le temps. La cuisine, c'est une espèce de philosophie si on y réfléchit un peu. Il faut expérimenter et combiner les idées pour découvrir de nouvelles vérités.

— Et ça marche toujours, tes expériences culinaires ? je demande, sceptique.

Il se tait, le temps de remplir sa tasse d'eau bouillante, puis explique :

— En vérité, je l'admets, pas toujours.

Puis il éclate de rire.

— J'ai connu des échecs mémorables. Comme la fois où j'ai essayé de mélanger du miel et du ketchup avec des sardines à l'huile. C'était... disons, une aventure gustative. Mais le miel avec de la viande fumée, c'est juste... c'est absolument divin ! C'est pas mal non plus avec du sirop d'érable.

Je grimace.

— Du miel, du ketchup avec des sardines à l'huile ? C'est risqué, ça, comme expérience ! Enfin, je veux dire qu'il fallait y penser, ça ne me serait pas venu à l'esprit.

— Oh, il rétorque, il est vrai que chaque expérimentation contient une part non négligeable de risques, chacune d'elles se vit un peu comme si on débarquait sur une terre inconnue. Cela ne s'applique pas seulement à la cuisine, vous savez, c'est valable pour tout ce que nous entreprenons. Vous n'êtes pas d'accord ? Puis, il ajoute, sûr de lui : N'est-ce pas en essayant qu'on apprend ? Vous savez, j'ai lu des tonnes de magazines de cuisine...

Puis il marque un temps en me fixant.

— C'est curieux, tout de même, ces magazines étaient ceux que je trouvais le plus souvent dans les poubelles, avec les journaux, bien sûr, et je peux vous dire que j'y ai découvert des combinaisons vraiment incroyables. Quelques fois, ça m'a inspiré et d'autres fois, ça m'a permis d'aller au-delà des conventions.

Il crâne un peu, et j'avoue que ça m'amuse. Puis, il se tait à nouveau, coince le sachet de thé entre le bord de la tasse et le dos de sa cuillère pour en extraire un jus plus foncé, et le jette dans la poubelle avant de venir me rejoindre à table.

— Ah bon ? C'est là-dedans que tu as trouvé toutes ces idées pour tes mélanges ? je demande, pantois.

— Parfois, oui. Cela dit, je n'ai pas souvent eu la possibilité de les réaliser. C'est très compliqué dans les motels ou ailleurs, quand on n'a pas une cuisine à disposition. Alors, j'ai commencé avec des aliments qui ne nécessitaient aucune préparation particulière, comme la cuisson, vous voyez ? En fait, ce qu'il faut comprendre, c'est qu'il n'est pas uniquement question de cuisine. J'allie la philosophie à chaque préparation. Pour moi, préparer un déjeuner ou un dîner, c'est comme méditer sur la nature de l'existence. Chaque ingrédient a son propre rôle et sa propre signification.

Je le regarde, interdit.

— C'est une manière intéressante de voir les choses. Et donc, quelle thèse as-tu développée en alliant philosophie et cuisine ? je demande, de plus en plus intrigué.

Il prend un air pensif, et s'explique :

— Ma thèse se concentre sur l'idée que chaque repas est une métaphore de la vie. Par exemple, ce que je viens de manger, vous avez vu de quoi était composé mon sandwich ?

— Oui, j'ai vu, en effet.

— Eh bien, le fromage apporte la richesse et la profondeur, la confiture de myrtilles symbolise la douceur inattendue des moments heureux, et le beurre de cacahuètes représente la simplicité et la constance. Ensemble, ces ingrédients, bien que différents, créent une harmonie parfaite. C'est comme en philosophie : les idées les plus disparates peuvent se compléter et révéler une vérité plus grande.

Je souris, surpris par sa vision des choses, et je lance, un peu moqueur :

— Et les tranches de saucisse fumée ? Elles représentent quoi ?

— Ah, oui ! Vous avez raison, j'ai omis la saucisse fumée, c'est simple, il réplique en levant le menton. Eh bien, les rondelles de saucisse fumée ajoutent une touche de robustesse et de caractère, rappelant les plaisirs authentiques et rustiques de la vie, conclut-il.

Dans ses grands yeux, je vois une lueur de satisfaction.

— Tu as vraiment une manière unique de voir le monde, George ! Mais, dis-moi, où as-tu appris tout ça, je veux dire la philosophie ? C'est aussi dans les livres que tu trouvais dans les poubelles ?

— Ah, il fait, non, pas du tout ! J'ai appris un peu dans les bibliothèques, mais c'est surtout quand j'ai travaillé comme homme de ménage chez un vieux professeur de philosophie. Il se vantait d'avoir enseigné dans les plus grandes universités du pays. Moi, je pensais qu'il exagérait un peu, mais je ne voulais pas le contredire. En tout cas, il possédait une culture remarquable, qui, de toute évidence, était le fruit de ses nombreuses lectures. C'était complètement dingue, il devait posséder des milliers de livres. Certains étaient entassés les uns sur les autres et formaient des piles plus grandes que moi. C'est bien simple, tous les murs de sa maison étaient habillés de bibliothèques qui regorgeaient de volumes de toutes les tailles. Je ne vous dis pas le temps qu'il me fallait pour épousseter tout ça ! Pendant que je faisais le ménage, la vaisselle ou passais la serpillière, il était toujours derrière ou près de moi, pour m'expliquer Platon ou Homère, il s'était mis en tête de m'enseigner l'art de la réflexion. Je ne comprenais pas grand-chose, mais je jouais le jeu, parce que sinon je prenais la porte, et j'avais besoin de l'argent que je gagnais chez lui pour vivre. C'était quelqu'un de généreux. Souvent, il ajoutait quelques billets et un paquet de biscuits ou des fruits.

Il reprend son souffle, boit quelques gorgées de thé et continue :

— Mais, croyez-moi, Abel, il arrivait que je n'aie pas, mais pas du tout envie d'entendre parler philosophie, et ce vieux filou s'en apercevait toujours. Il me lançait sur un ton autoritaire : « Allons, jeune homme, ce n'est pas parce que l'on tient un balai ou que l'on récure des chiottes, qu'on est dispensé d'instruction. » C'était un sacré personnage ! Un jour, alors que je frottais le sol de la cuisine, il m'a parlé des stoïciens et de leur conception du devoir. En gros, ce qu'il essayait de me faire comprendre, c'est que, selon les stoïciens, il est crucial d'accomplir nos devoirs même si ça nous est pénible, et que chacun de nous doit mener une vie en harmonie avec la nature et accepter sereinement les choses qu'on ne peut pas changer. Et tout en l'écoutant, je ne pouvais m'empêcher de penser à ma mère et à mon frère. J'y pense encore tous les jours, ça me tourmente de les avoir laissés, mais je ne pouvais rien faire, vous comprenez ?

— Oui, George, je comprends, je fais, et je me sens tellement con de ne rien trouver d'autre à lui dire.

Il reprend :

— Vous savez, ce n'est pas faute d'avoir dit à ma mère qu'il fallait que l'on parte tous les trois, mais elle prenait toujours la défense de mon père, puis Joe, mon frère, n'a pas voulu me suivre. Pourtant, je l'ai supplié de venir avec moi... J'ai essayé de les persuader, mais c'était peine perdue, je ne pouvais rien contre leur volonté, et ça, je l'ai compris plus tard. Grâce à monsieur Harold.

Il tripote sa tasse de thé, le regard dans le vide, et moi, je réalise avec honte que les mots qu'il attend peut-être ne viennent pas. Il y a juste ma main qui se pose sur son épaule en guise de réconfort. C'est tout, et ma gorge se noue.

Son regard croise le mien à nouveau, et il lance :

— Vous connaissez Platon ?

— Non, je réponds, puis je me ravise : Enfin, oui, je sais qui il est, mais…

Il enchaîne :

— Une fois, alors que je passais l'aspirateur, monsieur Harold m'a lu des passages de Platon à voix haute. Je tâchais de me concentrer sur ce qu'il disait, mais le bruit de l'aspirateur ne facilitait pas la tâche. Il a alors coupé le moteur et m'a raconté l'allégorie de la caverne. Il m'a fallu un certain temps pour en saisir le sens. Vous vous en souvenez peut-être… C'est l'histoire de ces prisonniers qui sont enfermés dans une caverne depuis qu'ils sont enfants. Ils sont enchaînés de telle manière qu'ils peuvent seulement fixer la paroi de la grotte en face d'eux. Derrière eux, un feu brûle, et entre le feu et les prisonniers, des gens passent avec des tas objets différents. Tout ce que ces prisonniers voient, ce sont les ombres de ces objets projetées sur la paroi. Et comme ils n'ont jamais vu autre chose, pour eux, ces ombres sont la réalité. Un jour, l'un d'entre eux est libéré. Au début, il est complètement aveuglé par la lumière du jour, il ne comprend pas ce qui lui arrive. Mais petit à petit, il s'habitue et commence à voir les choses comme elles sont vraiment. Il comprend que les ombres qu'il voyait avant n'étaient que des reflets, des illusions. C'est ainsi qu'il découvre le monde extérieur, les vrais objets, la nature, le soleil. Il se dit qu'il doit retourner dans la caverne pour libérer les autres prisonniers et leur montrer la vérité. Mais quand il y retourne et essaie de leur expliquer, c'est le drame. Les autres ne veulent rien savoir. Ils se moquent de lui, ils sont même prêts à le cogner. Ils préfèrent rester dans leur monde d'ombres parce que c'est tout ce qu'ils connaissent. Ils ne veulent pas croire qu'il y a quelque chose de plus grand dehors.

« Ce que monsieur Harold tentait de m'enseigner, c'est que nos perceptions peuvent nous tromper et que la connaissance peut réellement nous libérer de nos limitations. Parfois, j'avais l'impression que mon cerveau était trop… enfin, pas assez entraîné pour tout comprendre, et il n'était pas rare que je termine ma journée de travail avec un sacré mal de crâne. De toute évidence, monsieur Harold était déterminé à faire de moi un penseur !

Et il se met à rire.

Je pensais qu'il allait en rester là. J'ai attrapé la carte afin de lui montrer l'itinéraire qu'on allait suivre avec Martha pour se rendre jusqu'au lac, mais, il ne s'arrêtait plus de parler. Un vrai moulin à paroles. Je n'ai pas eu le cœur de l'interrompre.

— Vous savez, monsieur Harold n'avait rien d'un tortionnaire. Lorsqu'il se rendait compte que je n'étais plus à ce qu'il me racontait, il disait, sur un ton désolé : « Allez, jeune homme ! Assieds-toi et muscle ta cervelle. » Il m'apportait un thé et me tendait un livre, toujours un livre, comme si la réponse à tous les problèmes du monde se trouvait entre ces pages. Eh bien, en fin de compte, je crois qu'il avait raison…

Il avale d'un trait le reste de son thé, et moi je suis là, à le regarder sans trop savoir quoi faire.

— Dis donc, je fais, un peu éberlué, je n'en reviens pas de tout ce que tu as appris, tu es resté longtemps chez lui ?

— Tous les jours pendant une année, il lance, week-end compris ! Je l'aimais vraiment beaucoup, monsieur Harold, mais il fallait que je quitte le Sud, j'avais peur que mon père me retrouve.

George a cette drôle de façon de planter son regard dans le mien, il m'est parfois difficile de le soutenir.

Surtout quand ses yeux, déjà immenses, s'animent et deviennent encore plus clairs. Parfois, sa voix se perd dans les aigus lorsqu'il se laisse emporter par son récit. Sa petite figure si expressive et sa silhouette délicate forment un ensemble saisissant. Ce gosse est une véritable éponge, il absorbe le monde qui l'entoure avec une facilité troublante. Il m'impressionne beaucoup.

— Tu sais, je lui lance, j'aimerais te montrer le parcours que nous allons faire avec Martha, ça t'intéresse ? je propose fébrilement.

— Oh mais oui ! il s'écrie en se levant. C'est vrai que vous partez bientôt. J'espère que cette fois, vous ne serez pas obligé de reporter à cause de la météo.

— Apparemment, les conditions seront bonnes, c'est ce qu'ils prédisent en tout cas, je fais, sur un ton rassurant. Tu voudrais nous accompagner ? Tu t'en sentirais capable ? je demande.

— Honnêtement, non, c'est mieux que vous soyez que tous les deux. Moi, j'ai plein de choses à faire, et des lectures à rattraper. Et puis, je voudrais commencer à écrire pour Martha, il faut que je réfléchisse à une entrée en matière, une sorte d'introduction, et aussi au fil conducteur… Au fait, vous souhaitiez que je vous explique un peu les haïkus, je crois ?

— Euh… si tu veux, je réponds perplexe – et pour ce qui est de la carte, je songe, je lui montrerai une autre fois.

— Parfait, alors je me refais un thé !

— Et moi un café, j'annonce en me levant.

Et spontanément, je lui demande pour quelle raison il répète toujours deux fois de suite ses petits poèmes.

— Est-ce que c'est parce que tu me crois sourd ou pas assez… compétent ? je l'interroge, l'air de rien, tout en remplissant ma tasse de café.

Il éclate de rire.

— Non, Abel, pas du tout, qu'allez-vous penser ! Je vous explique : en fait, ce petit poème ne comporte que dix-sept syllabes, il est tellement court qu'il doit être dit deux fois pour qu'on puisse le saisir. Dans les règles de l'art, il faut l'offrir dans une inspiration, car il s'agit de le dire dans un seul souffle, en prenant une bouffée d'air avant de le réciter. En fait, la brièveté de chaque haïku nous rappelle l'impermanence et la fragilité de la vie. Parce que la vie est comme un souffle, car tout n'est qu'instant. En vérité, un haïku ne fait que suggérer une émotion. C'est tout, et c'est énorme à la fois. Vous comprenez à présent ? il me demande dans un sourire qui illumine sa petite figure.

— Oui, c'est plus clair et à l'avenir, je les apprécierai mieux, je pense que j'arriverai à capter ce qu'ils veulent dire, je fais, un peu honteux.

— Oh ! Ce n'est pas grave, je suis sûr que vous finirez par saisir leur sens. Il faut les laisser s'imprégner en vous. Vous verrez… Ce n'est pas la peine de se casser la tête…

— Très bien, je te fais confiance.

Ensuite, je déplie quand même la carte sur la table et, du doigt, je lui montre les routes et les sentiers qui mènent au lac. L'après-midi, il se propose de m'aider à vérifier tout l'équipement et à préparer les sacs. Martha doit nous rejoindre demain en fin de journée, car nous avons prévu de partir tôt le matin d'après.

Alors que je suis en plein dans les préparatifs de cette fameuse excursion, George apparaît avec un cadre dans les mains et demande :

— C'est votre fils ?

Ça me fait l'effet d'un uppercut dans l'estomac.

— Oui, je réponds sèchement, et les souvenirs affluent en cascade.

Je me rappelle ce moment avec Tom, c'était lors d'une partie de pêche. J'avais décidé d'immortaliser sa première prise. Une belle truite d'au moins six livres. Il devait avoir dix ou onze ans.

Puis, sur le même ton, je lui lance :

— Si ça ne te dérange pas, je préférerais que tu le remettes là où tu l'as trouvé.

Et il demande, étonné :

— Pourquoi le laisser dans le placard ?

— Parce que, je gronde sans le regarder, et je m'énerve un peu en dévissant la lampe à huile.

Puis, je me dis que c'est peut-être le bon moment, alors j'adoucis le ton de ma voix et je lui raconte ce qui s'est passé. Il écoute attentivement. Ensuite, il retourne ranger le cadre. Je m'attends à ce qu'il dise quelque chose, qu'il ait une réaction, mais non, il a dû sentir que c'était trop douloureux.

Combien de temps faut-il pour s'habituer à la douleur ? Combien ? J'ai enduré sans lui : le premier anniversaire, le premier printemps, le premier été, l'automne, l'hiver, le premier Noël, toujours en serrant les dents. Chaque saison était empreinte de cette peine immense. Il y a toujours la colère, et cette putain de culpabilité. Ça continue de me ronger. Combien de temps faudra-t-il encore pour que je me fasse à son absence ?

Au commencement, c'est la foudre qui s'abat sur toi. Tu es sous le choc. Sonné. Incapable d'assimiler la réalité brutale. Puis, l'inquiétude te saisit, te paralyse, te laisse là, impuissant, face à cette soudaine vacuité laissée par la disparition de ton fils.

Tu comptes les jours qui s'étirent en semaines, les semaines en mois, dans l'espoir vain que le temps puisse apaiser la douleur, guérir cette blessure béante dans ton cœur. Mais chaque journée qui s'écoule semble n'être qu'une nouvelle torture, un rappel incessant de ce vide qui t'habite désormais. Chaque foutue fois que le téléphone sonne, c'est comme une secousse électrique. Pendant une poignée de secondes, tu pries, tu espères la bonne nouvelle. Tu les imagines te dire qu'ils l'ont retrouvé, mais c'est juste un coup de fil pour rien. Encore.

Cinq ans. Et la douleur persiste, vive, palpable, lancinante. Chaque souvenir est un coup de poignard. Et tu te demandes, dans le silence assourdissant de ton chagrin, si la conviction qu'il reviendra demeure toujours intacte en toi.

George m'annonce qu'il va prendre l'air, pas très loin, il ajoute :

— C'est juste pour faire courir un peu Sunny.

— OK ! Bonne balade !

Ce qui est sûr, c'est que ce gosse a le don de me sortir de ma torpeur. Pour ça, je voudrais être capable de lui dire merci. Mais je me contente de l'observer à travers la fenêtre de la cuisine. Il joue avec Sunny. En toile de fond, il y a ma montagne, et mon cœur se serre. Ça fait déjà plus d'un mois qu'il est là. Maintenant, il se déplace sans ses béquilles.

Il est pratiquement guéri. Et après ? Après, on verra. Voilà, c'est tout, j'ai fait ce que je devais faire. Et c'est très bien comme ça.

CE MATIN, Martha rayonne de bonheur. Elle se lève la première pour préparer le petit déjeuner. Depuis la chambre, je sens l'odeur alléchante des œufs frits, du café et du pain grillé. Je me décide à sortir du lit parce que nous avons convenu de partir un peu après l'aube.

En me servant une tasse de café, j'écoute d'une oreille Martha et George discuter cuisine. Il a encore imaginé une nouvelle recette de sandwich à base cette fois de banane, de viande fumée et de pickles. Je vois le regard amusé de Martha, et je pense qu'elle n'est pas au bout de ses surprises avec lui.

Sunny semble pressentir notre départ. Il est agité, il va et vient de son panier à la table, de la table à la porte d'entrée, en poussant de petits gémissements. En le regardant, je réalise combien je me suis attaché à lui. J'ai toujours voulu un chien, et je me demande pourquoi j'ai tant attendu pour en adopter un. Peut-être à cause des mots et de la colère de mon père…

Ce chien est gentil et rusé comme pas deux, mais ce que j'aime surtout chez lui, c'est son petit côté loup. C'est bien qu'il soit là, pour lui et pour George. Ils ont ce terrible point commun : un début de vie chaotique, et c'est sûrement ce qui les a rapprochés. Ils ont dû, de manière instinctive, le sentir, le comprendre. Enfin, c'est ce que j'imagine.

Je me tourne vers George et lui dis :

— Tu sais, quand j'étais plus jeune, après la lecture d'un certain livre, je rêvais d'avoir un chien.

Intrigué, George demande :

— Vraiment ? Quel livre ?

— *Croc-Blanc.*

Je sais qu'il connaît aussi l'histoire, mais je n'ose pas le lui dire, parce que j'ai fouillé dans son sac.

Ses yeux s'illuminent.

— Oh, incroyable ! Je l'ai lu aussi, je l'ai adoré, d'ailleurs je le relis souvent. Vous savez, c'est ce qui m'a donné envie de découvrir le nord, la neige, tout ça, quoi. Et comme vous, je rêvais d'avoir un chien. Enfin, un loup. En général, les gens ont peur des loups, mais moi, je les trouve absolument fascinants. Pour moi, ils incarnent la nature sauvage, les grands espaces, la liberté…

Puis il enchaîne, exalté :

— Vous ne trouvez pas que Sunny ressemble un peu à Croc-Blanc ? À un loup ?

Je hoche la tête de manière affirmative.

— Alors, vous avez eu un chien après ? Quelle race ? il veut savoir avec impatience.

— Hélas, non, je dis en hochant la tête, mon père n'en voulait pas.

George fait une petite moue déçue. Puis il se lève, va vers Sunny, se roule par terre en le prenant dans ses bras et s'exclame :

— Eh bien, maintenant, il est là, le chien de nos rêves ! Et quel chien, je l'adore, hein, Sunny ! Tu le sais que je t'adore !

Sunny lui barbouille la figure à grands coups de langue, et George rit, rit... C'est un joli moment de complicité entre eux. Martha et moi échangeons un sourire attendri en les regardant jouer.

Avant de partir, je donne quelques instructions à George, même si je sais que c'est inutile. Son allure de gosse me piège à chaque fois. Martha me lance un regard qui montre qu'elle pense exactement la même chose. Elle prend George dans ses bras et lui dit qu'elle tâchera de faire les plus belles photos possibles, et qu'en attendant notre retour, il faut qu'il prenne soin de lui.

Et, d'un coup, sans que je le voie venir, George se blottit contre moi. Je mets un certain temps à capter ce qui se passe, son geste m'ébranle. Puis, lentement, je resserre mes bras autour de lui. Et bon sang, ce que je ressens n'a rien à voir avec ce que je redoutais tant. Au contraire. Et tout en évitant de montrer le trouble que me provoque son étreinte, je dis :

— On est de retour demain, ça va aller ?

— Bien sûr, il affirme en me regardant droit dans les yeux.

Alors je fais un signe de tête à Martha pour qu'on se mette en route.

Sur le seuil. George agite vivement ses bras et ses mains en s'écriant :

— Bonne randonnée, soyez prudents, à demain !

Vers midi, nous atteignons un point où les sentiers deviennent trop étroits pour que Bly puisse les emprunter. Alors je gare le pick-up et nous déchargeons notre équipement. Je suis pressé de faire découvrir ma montagne à Martha. Avant que nous nous lancions à l'assaut du col, je lui propose de faire une pause, et je sors du sac de quoi déjeuner. Ensuite, je déplie la carte sur mes genoux et lui montre le chemin que nous allons suivre pour arriver au lac. Martha suit du regard mon doigt qui glisse le long des lignes sinueuses à travers les forêts denses jusqu'aux reliefs montagneux. Puis, je pointe la petite tache bleue :

— C'est là, c'est le lac ! je dis. En marchant bien, on y sera en fin d'après-midi, et je replie la carte.

— Tu sais que je vais devoir m'arrêter prendre quelques photos, quand même, lance Martha en saisissant une pomme.

— Évidemment, j'ai compté les pauses, je réponds en souriant.

Sur son visage, un long sourire étire ses lèvres pleines, et dans ses yeux, il y a cet éclat, cette joie exaltée que je peux ressentir au fond de mon ventre. Soudain, plus rien n'existe que la nécessité de la prendre dans mes bras pour l'embrasser.

Nous marchons et grimpons sans effort, sans même nous rendre compte des heures qui passent, laissant nos yeux – pas assez grands – admirer l'immensité qui s'offre à nous. Nous restons souvent silencieux, car devant tant de beauté, parler serait superflu. Martha est émerveillée. Il lui arrive d'exprimer un débordement de joie, alors dans ces moments-là, elle s'écrie :

— C'est incroyable, Abel, partout où je pose les yeux, il y a de la beauté, du sublime, partout ! Partout ! Regarde ! elle dit en tournant sur elle-même.

— Et encore, on n'est pas arrivés ! Attends de voir le lac ! je lance en riant.

Devant nous s'étend ma montagne, brute et sauvage. Certains versants sont recouverts de plaques de neige fondante, tandis que la forêt s'élance à l'assaut de ses flancs. Malgré le blanc persistant sur les sommets, les premiers signes d'un printemps trop précoce se font déjà sentir. Ça éclôt de partout. Ce n'est pas normal, mais je dois reconnaître que c'est joli. À vrai dire, je suis content que l'hiver s'en aille, et je pense : *S'il pouvait emporter avec lui toute ma peine...* Puis Martha et moi levons la tête en même temps, attirés par les glatissements d'un aigle qui plane juste au-dessus de nous. Ses cris perçants se répercutent en écho sur les parois rocheuses. Martha le mitraille.

Comme je le vois sur la carte, le sentier que nous suivons nous conduit à une forêt d'épicéas. Dès notre entrée, Martha se laisse surprendre par l'odeur robuste et boisée des résineux, et éblouir par le jeu de la lumière à travers les troncs. Une fois de plus, elle semble totalement envoûtée. Il faut dire que la beauté du lieu est époustouflante.

Soudain, un renard blanc surgit de l'ombre des sapins. D'un geste rapide, j'attrape le bras de Martha et lui glisse à l'oreille en pointant le renard du doigt :

— Regarde !

Nous nous accroupissons derrière un petit rocher pour mieux l'observer.

— Il est absolument magnifique, elle chuchote tout en le visant avec son objectif.

Le renard avance prudemment et ses yeux vifs scrutent les alentours avec une drôle d'intensité. Et, comme s'il avait remarqué notre présence ou perçu notre odeur, en un instant, il disparaît derrière un amas de troncs abattus.

— Tu as eu le temps de le capturer ? je demande.

— Oui, oui, c'est dans la boîte ! elle répond en vérifiant les clichés qu'elle vient de prendre sur le petit écran de son appareil.

— Regarde, regarde comme il est incroyable. George va être fou de joie. Il adore les renards blancs.

— Ah bon ? Je croyais que c'était les loups, je fais, étonné.

— George ne t'a jamais parlé des *kitsune* ? elle demande.

— Des quoi ? je réponds.

— Apparemment non, elle dit, puis elle pose son appareil près d'elle, s'assoit tout contre moi pour m'expliquer : Le renard blanc se dit *kitsune* en japonais. C'est une créature légendaire qui, sur les plans culturel comme spirituel, a beaucoup d'importance au Japon. Les renards, et plus particulièrement les renards blancs, sont considérés comme les messagers de la déesse Inari, qui est la divinité shintoïste de la fertilité et de l'agriculture, entre autres. On trouve souvent des statues de renards dans les sanctuaires Inari à travers tout le Japon. On dit que les *kitsune* sont des créatures très intelligentes et capables de se transformer en humains. Ils symbolisent la sagesse et la ruse. Je te montrerai quelques photos que j'ai pu prendre, je connais des histoires aussi, que j'ai déjà racontées à George. Tu verras… Mais je suis quand même étonnée que George ne t'en ait pas parlé, il en dessine tout le temps…

— Ben non, je fais, jamais vu ses dessins et pas entendu parler de tout ça. En attendant, ici les renards blancs font le bonheur des trappeurs, je dis en souriant.

— Tu en as déjà tué ? elle demande en fronçant légèrement les sourcils.

— Non, bien sûr que non, je ne suis pas trappeur. Je chasse du gibier pour le manger, pas pour sa peau, et puis, je ne chasse pas tous les jours…

— Humm, elle fait, visiblement perplexe. Je ne saisis pas vraiment ce qui peut procurer du plaisir dans la chasse, mais bon, à chacun son truc ! elle ajoute en se redressant.

Nous marchons encore un long moment, ponctuant notre ascension de pauses photo. En fin d'après-midi, comme prévu, nous atteignons le sommet du petit col. Nous nous arrêtons pour reprendre notre souffle, puis je dis à Martha :

— Voilà, on y est !

La scène est à couper le souffle : en contrebas s'étend la vallée, baignée dans une lumière dorée, tandis que, devant nous, le lac étale sa splendeur. Sur sa surface, des nuances de rose et d'orange ondulent au gré d'une brise légère, et les arbres et les herbes hautes qui bordent les rives se reflètent dans ses eaux bleutées. D'ici, on peut presque entendre le doux clapotis des vagues caressant la plage. En tout cas, on peut l'imaginer. C'est tout simplement comme un rêve. Peut-être le plus bel endroit du monde.

Martha, émue, saisit ma main et murmure simplement :

— Merci, Abel.

Je pointe du doigt la petite maison de bois au bord du lac et lance :

— C'est la cabane de Dick !

En voyant les volutes de fumée s'élever vers le ciel, je comprends tout de suite qu'il est là. D'un signe de la main, j'invite Martha à me suivre.

— Viens, Dick est chez lui.

En nous approchant, Martha s'exclame :

— Quelle jolie petite baraque !

Et elle a raison.

— Bon sang, je dis, rien à voir avec ce qu'elle était avant qu'il s'y installe. Il a dû sacrément bosser pour la remettre en état.

Lorsque nous nous approchons davantage, en la détaillant, je peux constater qu'elle est construite avec du bois robuste et des rondins soigneusement empilés. Le toit en pente douce est coiffé d'un petit auvent sous lequel deux fauteuils en bois flotté entourent une table faite de planches. À ses fenêtres, en guise de rideaux, Dick a accroché quelque chose qui ressemble à de la toile de jute, mais en mieux. À l'avant de la cabane, à côté d'un brasero fait de gros galets, des peaux de bêtes sont étendues à même le sol, et finissent de sécher sous le soleil.

— Dick ! je hurle alors que nous sommes tout près.

Aussitôt, il sort de sa cabane en criant de sa voix rauque :

— Abel ? C'est toi, Abel ? C'est une blague, c'est vraiment toi ? C'est vrai ! T'as tenu ta parole ! T'es venu ! J'en reviens pas !

Il s'avance vers nous d'un pas rapide.

— Ça alors, si j'm'étais douté ! Tu peux pas savoir le bonheur que tu m'fais en venant m'voir, mon grand. Et comment tu vas, dis-moi un peu ?

Puis il réalise que je suis accompagné et s'adresse à Martha :

— Oh ! Pardon, madame. Tu ne me présentes pas ? il ajoute en se tournant à nouveau vers moi.

Je souris, prends la main de Martha et je dis simplement :

— Dick, voici Martha.

Martha, tout sourire, tend sa main. Une fois les présentations faites, Dick nous guide vers sa cabane. Martha et moi remarquons les magnifiques bois de cerf qui trônent juste au-dessus de la porte d'entrée. Martha grimace.

— Entrez, entrez, faites comme chez vous, il dit.

Tout de suite, on sent l'odeur boisée et fumée des bûches qui se consument dans la cheminée. Je ne sais pas pourquoi, cette odeur du bois qui brûle a un effet apaisant sur moi. Je regarde Martha ; on dirait qu'elle ressent la même chose. Enfin, je crois.

— Asseyez-vous, asseyez-vous, crie Dick en désignant les fauteuils près du feu.

Nous nous installons en silence. Martha parcourt la pièce des yeux avec curiosité. Elle fait une drôle de moue en apercevant les têtes de cerfs empaillées accrochées au manteau de la cheminée, les peaux de bêtes suspendues aux murs et celles qui recouvrent le sol. Je souris en pensant que c'est probablement la première fois qu'elle se retrouve chez un vrai trappeur.

— Tu l'as drôlement bien arrangée, Dick, rien à voir avec ce que c'était, je dis alors qu'il s'affaire à préparer du café.

— Oh, si tu savais ! C'est pas parfait encore, mais j'y suis bien. Il me reste quelques petites choses à améliorer... J'suis content que vous soyez venus, il répète en versant le café dans de vieilles tasses ébréchées. J'ai pas souvent de la visite. Faut dire que ça fait un sacré bout de chemin pour venir jusqu'ici.

— C'est vrai, je réplique.

Puis, changeant de sujet volontairement, je lui dis combien j'aimerais qu'il revienne un peu dans notre coin, parce que nos parties de chasse me manquent.

— Oh non, il fait en secouant la tête, y a pas mieux qu'ici pour la chasse. Surtout que j'suis tout seul dans le coin ! On s'retrouve pas à quinze à tirer la même bête ! Tu sais, y a pas un jour où je ne trouve pas de quoi manger dans mes pièges. C'est presque trop ! Alors pourquoi j'irais me crever à marcher des miles, pour au bout du compte revenir bredouille, ou presque, hein ? Non, merci ! Mais c'est à toi de venir, mon grand ! Même avec ta dame ! Vous savez que vous pouvez venir ici quand vous voulez. Y aura toujours de quoi vous nourrir et vous coucher, il ajoute avec un clin d'œil, et comme ça on ira pister ensemble, mon grand !

Ensuite, il nous rejoint dans un des fauteuils. Nous buvons son café trop fort ; l'amertume fait plisser les yeux de Martha. Ça me fait rire. Pas elle. Je raconte à Dick les événements récents de ma vie. Il pose quelques questions, sur George notamment, mais rien d'indiscret. Dick, c'est pas le genre à fouiller dans ta vie en te posant des questions à la con.

Ensuite, il nous confie les difficultés qu'il rencontre pour vendre ses peaux. Il explique que c'est à cause des nouvelles politiques en place. Malgré tout, il réussit à s'en sortir.

— Le seul hic, c'est la vieillesse qui commence à m'taquiner sérieusement, il dit en parlant des douleurs dans ses jambes et dans son dos, de la force qui lui manque. J'peux plus marcher aussi longtemps qu'avant. C'est sûr que quand tu vieillis, la chose qui t'fait le plus défaut, c'est ta jeunesse ! Tu ressasses encore et encore toutes ces choses que tu faisais avec tellement de facilité ! Enfin, c'est ainsi. Mais je veille à garder le moral, c'est le plus important.

Ensuite, Martha se prête volontiers au jeu des questions que lui pose Dick, et il l'écoute attentivement, jusqu'à ce qu'il balance d'un coup :

— T'en as d'la chance, Abel !

Et, se tournant vers Martha sur un ton admiratif, il reprend :

— Pardonnez-moi, mais ça faisait longtemps que mes yeux n'avaient eu le plaisir de contempler autant de beauté.

Martha baisse la tête en souriant.

— C'est sûr, il ajoute en me fixant avec ce regard plein de bonté, non, vraiment, y a pas à dire, la vie est plus douce quand on est deux !

— Ça dépend, rétorque Martha.

Dick acquiesce sans sourciller :

— C'est vrai ma belle, ça dépend…

Plus tard, nous partageons un délicieux ragoût que Dick a préparé. Je devine immédiatement de quoi il est composé, mais je n'ose pas lui demander confirmation. Martha mange avec tant d'appétit que je ne veux pas gâcher son plaisir. Puis, de manière spontanée et innocente, Martha pose la question en replongeant sa cuillère dans son assiette :

— C'est délicieux, Dick ! C'est un ragoût de quoi ?

Je serre un peu les mâchoires en appréhendant sa réaction.

Dick réplique aussitôt :

— Oui, hein ?! Faut dire qu'j'ai mis ce qui y a de mieux dans le castor : la queue et les pattes arrière. Ça a mijoté longtemps et lentement avec des carottes, des pommes de terre, des oignons, des herbes et des épices, mais la recette change tout le temps, je fais avec ce que j'ai sous la main au moment venu !

Il rit. Sans que je puisse deviner ce que Martha pense réellement, elle répond :

— Eh bien ! C'est une première pour moi, et c'est vraiment délicieux.

J'en suis bouchée bée. Je m'attendais à ce qu'elle grimace ou qu'elle arrête tout simplement de manger, mais non. D'habitude, ce plat est plutôt apprécié de ceux qui vivent dans les montagnes, comme les trappeurs, les connaisseurs, quoi. Décidément, elle ne cesse de me surprendre.

En fin de soirée, je vois bien que Martha est épuisée. Dick me donne des couvertures et, avec nos duvets, je nous improvise un coin douillet près du feu. Ensuite, il monte se coucher là-haut, sur la petite mezzanine. Je me cale tout contre Martha, et nous nous endormons, bercés par les crépitements du feu.

Au matin, nous partageons un café et quelques galettes avec Dick. Puis je le remercie chaleureusement pour son hospitalité. Ça me serre vraiment le cœur de le laisser à sa vie, sans savoir quand je le reverrai. J'aurais aimé rester plus longtemps et profiter de lui, mais nous avons un sacré bout de chemin à parcourir pour regagner Bly.

Martha s'est lancée dans une séance intensive de photographie, capturant le lac sous toutes ses coutures. Pendant ce temps, je contemple les eaux étincelantes sous les premiers rayons du jour, et soudain, je pense que je reviendrais bien tenter ma chance dans le coin, pour arpenter les sentiers de trappe et passer un peu de temps avec Dick. Au même moment, Martha clique sans relâche. Je l'observe. Elle maîtrise bien son affaire ; toujours à la recherche du bon angle, de la bonne lumière. Sa main ne tremble jamais, elle est à l'affût, le corps tendu comme un arc, prête à saisir l'instant parfait avant de viser sa cible. Ce qui est drôle, c'est que sans le savoir, elle adopte les mêmes postures que nous autres, les chasseurs. Sauf qu'elle ne tue pas ses cibles. Elle les rend immortelles.

Le reste de la matinée est une succession de surprises. Alors que nous progressons à travers la forêt, un cerf majestueux sort des fourrés. Bon sang, ça fait des lustres que je n'ai pas tiré un cerf. Instinctivement, je tâte mon sac, comme pour attraper mon fusil, puis je réalise vite que je ne l'ai pas pris.

— Merde, je murmure, louper une pareille occasion !

Je me ravise, parce que je sais que Martha n'a pas le goût de la chasse. Je me contente de l'observer : il marche à petits pas, imposant fièrement sa ramure dressée vers le ciel. Quelques minutes plus tard, ce sont deux jeunes renards roux qui traversent notre chemin. Et même un élan fait une brève apparition. Honnêtement, je suis ahuri ; on ne voit ça que dans les films, ou dans les romans qui racontent les grands espaces. Parce que je la connais, moi, la chanson ; si tu veux tirer un gibier, en plus de connaître le territoire comme ta poche, t'as plutôt intérêt à t'armer de patience. Tu sais que tu vas devoir observer longtemps avant d'apercevoir quelque chose. Ce sont des heures de guet et de silence, sous la pluie, la neige, ou par grand vent. Même planqué dans un affût, t'es pas à l'abri d'une journée blanche. Mais là, avec Martha, c'est autre chose, rien de comparable avec ce que j'ai vécu dans mes journées de traque, et je ne parle que des jours fastes. C'est incroyable, les bêtes sortent de partout, comme pour me narguer, et Martha shoote, shoote encore. Ça me rend fou.

Pourtant, ce matin, quand elle photographiait les canards sauvages qui glissaient gracieusement sur la surface du lac, j'ai pensé, tout en suivant des yeux les traînées en forme de V qu'ils laissaient derrière eux : *Profites-en bien, ma belle, parce que question bestioles, c'est à peu près tout ce que tu vas voir aujourd'hui !* Bon, après, c'est vrai, il y a eu les quelques écureuils qui bondissaient d'arbre en arbre, ça, à la limite, ça n'a rien d'exceptionnel, mais un cerf ! Des renards ! Puis un élan ! Je n'en reviens pas.

— Hé, je ne sais pas si tu te rends compte de la chance que tu as ! je lance à Martha.

Elle hoche juste la tête, puis elle s'arrête net, et fixe son regard sur un porc-épic accroché au tronc d'un arbre.

— C'est pas possible ! je m'écrie. Tu as un truc, ma parole ! Si ça continue comme ça, toute la faune va se retrouver dans ton appareil !

En fin de matinée, nous quittons la forêt. D'où nous nous trouvons, nous apercevons Bly garé un peu plus bas. De gros nuages sombres et menaçants chargent le ciel. Le temps tourne. Je lance à Martha :

— Bon sang, ça sent le roussi là-haut, ça va nous tomber dessus !

Elle reste un peu derrière moi, à visionner ses derniers clichés sur le petit écran. Comme elle ne réagit pas, je répète :

— On va se prendre l'averse, Martha, faut qu'on accélère.

Soudain, le craquement net de branches que l'on brise retentit derrière elle, suivi d'un grognement puissant. Et là, je comprends tout de suite qu'on va avoir un problème. Mon cœur bondit dans ma poitrine. Ce grognement, je le connais bien.

Je me précipite vers Martha, je saisis sa main pour l'entraîner vers Bly. La bête grogne encore. Alors, je dis d'une voix ferme, tout en plaquant les clés du pick-up dans sa paume :

— Cours te réfugier dans la voiture.

— Quoi ? elle fait, surprise.

— Ne crie pas, cours, je te dis.

Elle se retourne instinctivement. Et, comme je le pressentais, à la lisière de la forêt, apparaît une immense silhouette brune qui avance dans notre direction avec un balancement caractéristique.

— Un ours ! elle lâche, et ses yeux se remplissent de terreur.

— Va à la voiture, dépêche-toi ! je lance plus fermement. Je vais tâcher de le ralentir un peu et je te rejoins. Allez, va !

Et Martha part en courant.

À vue de nez, l'ours doit être à environ cinq cents pieds de nous. Il faut compter le double pour atteindre Bly. Ça a l'air de pas grand-chose, mais dans ce cas de figure, même cent pieds semblent des miles. Je fais vite le calcul : c'est cours ou crève. Et mon cœur se met à battre à me défoncer la poitrine. Dans ma tête, c'est la confusion la plus totale. Pourtant, les solutions s'enchaînent à toute vitesse, mais je suis infoutu de mettre la main sur une qui puisse me sortir de là.

Panique. Adrénaline. Besoin de hurler, pour chasser l'effroi et la rage de me retrouver là, piégé comme un con. Faut pas, surtout pas. Ça l'exciterait davantage. Déjà, je sais qu'il est capable de sentir la peur, la sueur humaine, peut-être même qu'il sent que je ne suis pas armé. Je n'ai pas mon fusil. J'ai dit : pas d'arme avec Martha. Connerie. Ce qu'il y a aussi, c'est que je n'ai pas réfléchi à l'éventualité de croiser un grizzli. Quelle connerie, encore ! Je sais, mais c'est trop tard maintenant.

Dans ma tête, ça fuse. L'ours se rapproche et la pluie commence à tomber. Drue. Comme une douche. Je me retourne ; Martha court toujours.

Elle ne doit plus être très loin de la voiture, mais je n'en suis pas sûr car l'eau brouille ma vision. L'ours avance, en grognant plus fort. À chaque pas, il émet des souffles puissants. Je me demande à quel moment il va charger. Parce qu'il va charger, je le sens. Et je sais qu'une fois lancée, une bête de cette envergure peut atteindre une vitesse étonnante. Comme je sais qu'il me mettra en pièces avant même que j'aie le temps de regagner la voiture.

Je continue de reculer lentement en direction de Bly. Mon pouls cogne furieusement à mes tempes. J'ai beau chercher partout autour de moi quelque chose pour me protéger, me défendre ; une pierre, un gros bout de bois, il n'y a rien.

Mon esprit travaille contre moi en envisageant le pire des scénarios : le choc. Son poids sur mon corps. Mes os sous ses crocs. Ses griffes dans ma chair, mon corps lacéré, déchiqueté... Merde ! Ça ne va quand même pas se terminer comme ça ! Ça ne peut pas. Je pense à Tom. À Martha aussi, et à George.

Soudain, l'ours s'immobilise. Un instant. Quelques secondes. Je continue de reculer, comme un automate, je ne contrôle plus rien. Je ne sens plus la pluie, plus mes jambes, plus mon corps, juste les coups dans ma poitrine.

Il s'est considérablement rapproché. Deux cents pieds nous séparent. C'est peu. Il grogne encore pour dire sa fureur, de l'écume plein la gueule. Il se remet en route, accélérant son rythme. Maintenant, c'est une boule géante de chair et de muscles lâchée comme un boulet de canon qui m'arrive droit dessus. J'ai l'impression de sentir le sol vibrer sous ses enjambées.

Le temps se suspend. Tout est silence. Le monde est interrompu. Jusqu'aux battements de mon cœur. Mon sang est figé dans mes veines. Il n'y a plus que l'attente oppressante de l'inévitable.

Quand, tout à coup, comme une fulgurance, je me souviens que j'ai toujours deux fusées éclairantes dans mon sac. D'un geste vif, j'en extirpe une, la dégoupille, puis je la pointe en direction de l'ours, et répète mon geste avec la deuxième. Ça jaillit comme des éclairs. Des lumières aveuglantes. Ça le stoppe net dans sa course. L'ours fait volte-face et détale. J'en fais autant. Je sprinte comme jamais. J'ai l'impression de voler ; c'est dingue comme la peur peut te donner des ailes. Martha n'a pas traîné ; elle a déjà démarré le pick-up et m'attend, le moteur ronflant et la portière passager grande ouverte. Dès que j'arrive à sa hauteur, je m'engouffre d'un bond à l'intérieur, le souffle court et le cœur au bord des lèvres.

Alors qu'on file à toute berzingue, je jette un dernier coup d'œil en arrière par pur réflexe. Je suis trempé jusqu'aux os, de pluie, de sueur, de peur. Mes fringues collent à ma peau. Martha me lance un regard furtif. Ses mains se crispent sur le volant. Je vois son menton trembler un peu et des larmes en bordure de ses yeux. Je caresse sa joue doucement, et nous restons dans un silence long comme une éternité.

La pluie s'atténue et le ciel commence à se dégager, laissant passer quelques rayons de soleil à travers les nuages lourds. Je n'arrive pas à parler de ce que nous venons de vivre. Aucun mot ne me vient pour briser ce foutu silence. Il n'y a que le ronronnement du moteur et le bruit des gouttes résiduelles sur le pare-brise. Pourtant, je sens que la tension retombe lentement, nos respirations s'apaisent. J'attends un peu et propose à Martha de se garer pour que je reprenne le volant. Je sais qu'elle n'aime pas conduire. Elle accepte sans rien dire.

Une fois assise côté passager, elle lance sans que je m'y attende :

— Mon Dieu, on peut dire qu'on l'a échappé belle !

Je hoche la tête. J'aimerais être capable de lui dire tout haut ce que je pense à cet instant : *Pardon de t'avoir mise dans cette situation, j'aurais dû me douter qu'une pareille rencontre était possible, je suis tellement désolé.*

Elle rompt à nouveau le silence :

— L'épisode avec l'ours m'a glacé le sang, je ne suis pas près de l'oublier.

Elle me regarde, et je réussis à lui dire combien je suis désolé pour ça. Elle rétorque aussitôt :

— Ce n'est pas ta faute, Abel, j'ai eu tellement peur pour toi ! Tellement, si tu savais !

— Moi aussi, Martha, j'ai eu peur pour toi, je murmure.

Et mon cœur se met à battre plus vite juste en imaginant ce qui aurait pu arriver si l'ours avait continué sa charge.

Je connais cette montagne, cette nature. Je sais cette sauvagerie et les dangers auxquels on s'expose en la parcourant, je le sais, bon sang ! Je voudrais juste que Martha oublie ce moment, que la peur la quitte.

— Tu sais, je dis, on n'est pas obligés de garder les mauvais souvenirs.

Son visage se relâche un peu et son regard s'adoucit. Ensuite, elle pose doucement sa main sur ma cuisse, je souris, mais je n'ose pas la regarder.

Nous quittons la forêt, laissant derrière nous les ombres menaçantes des arbres et le souvenir terrifiant de notre rencontre avec l'ours. Bly roule doucement sur la route mouillée. Les nuages se sont évaporés ; à l'horizon, les premières lueurs du crépuscule commencent à se profiler. À présent, je suis calme et tranquille. Je savoure simplement le fait d'être en vie, et d'être avec Martha.

COMME CHAQUE MATIN, une tasse de café à la main, je m'installe sous l'auvent pour saluer ma montagne. Les premiers rayons du soleil percent à travers les voiles de brume, et progressivement, le paysage s'illumine.

— Debout, là-dedans ! je lance joyeusement à la flore et à la faune. Allez, debout, bande de paresseux !

Soudain, comme en réponse, des oiseaux font entendre leurs piaillements. Ma voix a dû surprendre un grand corbeau noir qui fait claquer ses ailes en traversant l'horizon.

— Salut à toi ! je lance.

Puis, à nouveau, les chants des oiseaux et parmi eux, il me semble reconnaître celui, mélodieux et flûté, de la grive de montagne. Elle émet comme de courtes phrases qu'elle répète, parfois avec des variations. Puis, j'entends aussi le mésangeai avec ses petits cris rauques. Et je me dis que tout ça, ce sont des cadeaux pour les yeux, des cadeaux pour le cœur.

La beauté de ma montagne me fait monter les larmes aux yeux. Ce n'est pas du chagrin, mais plutôt une bouffée de joie, une gratitude débordante, une émotion vive qui semble venir de très loin, quelque chose que je ne peux pas réfréner. Et je pense : *Tout ça, c'est pour toi, Tom.*

J'inspire profondément, je reconnais ces odeurs de fleurs dans l'air. Tout autour du chalet et bien au-delà, les sapins arborent leur vert sombre, tranchant nettement avec le vert tendre de l'herbe qui s'étale sous leurs pieds. Bon sang que c'est beau. *Ça aussi, c'est pour toi, mon fils.*

Je bois quelques gorgées de café, et je le trouve particulièrement bon, ce matin. Tout cela ne me ressemble pas. Je sens qu'il y a quelque chose de nouveau, un basculement. Comme si, soudain, tout prenait un sens, une intensité nouvelle.

Peut-être parce que dans les yeux de Martha, comme dans ceux de George, quand j'y plonge, j'y vois un autre moi. Et cet Abel-là, je l'aime bien.

George me rejoint sous l'auvent, une tasse de thé à la main. Son regard se perd dans l'immensité qui s'éveille, il est suivi de près par Sunny. Nous restons là, tous les trois, silencieux, absorbés par la beauté du monde qui nous entoure.

Puis, sans détourner les yeux de l'horizon, George murmure de sa voix frêle :

— Abel, puisqu'on n'a rien de prévu aujourd'hui, on pourrait partir en balade avec un pique-nique…

Je hoche la tête, songeur.

— Pourquoi pas ? je dis.

Puis sa voix se fait plus aiguë :

— En fait, pour être plus précis, j'aimerais que vous m'emmeniez à cet endroit, vous savez, là où chantent les loups.

— Là où chantent les loups ? je demande, étonné.

— Oui, exactement, là où vous avez l'habitude d'aller parfois le soir avant de rentrer du travail.

Ce n'est pas possible, comment a-t-il pu croire à mes histoires avec autant de crédulité… ? George me fixe de ses grands yeux et attend ma réponse.

— D'accord, George, je finis par dire, allons voir les loups ! Faudrait pas trop traîner, du coup.

J'ai dit oui, juste parce que je ne voulais pas le décevoir. Sa naïveté me désarme. Alors George se met à chanter bruyamment tout en regagnant l'intérieur du chalet. Et Sunny couvre sa voix de ses aboiements joyeux. À l'avenir, il faudra vraiment que je fasse attention à ce que je lui raconte.

Nous marchons depuis deux bonnes heures, maintenant. George parle beaucoup et j'essaie de suivre. Mais avec cette foutue manie qu'il a de sauter du coq à l'âne, j'avoue qu'à certains moments, je perds le fil de notre conversation.

— Elle vous manque ? il demande soudainement.

— Qui ça ? je réponds.

— Qui d'autre que Martha ? il fait en rigolant.

— Eh bien, à vrai dire…

George attend ma réponse avec une impatience évidente, et son regard intrigué m'amuse, je me retiens de sourire, puis je marque une pause volontairement pour faire durer le suspense.

— Comment te dire… En fait, si je ne savais pas quand elle revient ni même où elle se trouve et pourquoi elle y est, oui, sans aucun doute, elle me manquerait beaucoup.

— Ah, il dit, soulagé. C'est bien ce qui me semblait…

— De quoi tu parles ? je demande, perplexe.

Il me sourit et doucement il lance :

— Ça se voit dans vos yeux, Abel. Quand elle n'est pas là, vous n'avez pas le même regard, il n'y a pas cette petite étincelle. De toute évidence, vous n'êtes pas un loup solitaire.

Je laisse échapper un rire léger.

— Ah bon, tu me compares à un loup, maintenant ?

Il s'anime, presque enthousiaste :

— Parce que vous en êtes un ! Mais pas n'importe quel loup. Non, vous, vous avez l'envergure d'un chef de meute. Vous êtes grand et fort, vous êtes courageux et intrépide. Vous protégez les vôtres. Moi, je suis ce jeune loup égaré, blessé que vous avez recueilli, soigné, nourri. Vous comprenez ?

Il attrape mon bras avec une sincérité touchante. Je reste silencieux un instant. Mon mutisme semble l'interpeller, mais il ne dit rien. Il attend. Et je sais que mon silence, il ne peut pas le comprendre. Il ne peut pas s'imaginer une seconde qu'il n'y a pas si longtemps, je ne voulais pas de lui. Qu'il n'y a pas si longtemps, je ne voulais plus rien, je n'espérais plus rien que le retour de mon fils… Mais ça, jamais je ne lui dirai.

— Au fait, je lance, toi aussi tu as eu Martha au téléphone, hier ?

— Oui, je l'ai eue aussi.

— Dis-moi, pourquoi tu n'as pas voulu l'accompagner au vernissage ?

— Je n'ai pas voulu l'accompagner parce que ce moment est à elle. Je lui ai dit que je ne voulais pas interférer, que je ne me sentais pas légitime. Et croyez-moi, j'avais de bons arguments, si bien qu'elle n'a pas insisté. Heureusement car j'aurais été très mal à l'aise… Sinon, elle m'a assuré que le vernissage s'était merveilleusement bien passé et qu'un grand nombre de ses photos avaient déjà été vendues. Quant aux haïkus, ils ont rencontré un franc succès, au point que plusieurs personnes ont demandé le nom du haïjin qui les avait composés. Vous imaginez cela ?

— Oh, je dis, ça ne me surprend pas une seconde, Martha et toi avez beaucoup de talent. Vous avez fait un travail remarquable !

George baisse la tête et dit doucement :

— Avant, jamais personne n'avait prononcé de telles louanges à mon sujet. C'était plutôt le contraire. Ou alors, ils se taisaient, mais je voyais bien leurs yeux...

Et sa petite figure exprime une soudaine tristesse.

— Tu sais, ce que pensent les autres, ça n'a pas d'importance. En plus, c'est rarement fondé.

— Oui, approuve George, c'est exactement ce que me répétait autrefois monsieur Harold en citant Socrate : « Les calomniateurs sont comme les hiboux, ils voient la nuit, ils voient mal et ils ne voient que ce qui est loin. »

Puis, d'un geste vif, il pointe son doigt vers un arbre :

— Oh ! Regardez, un écureuil !

— Oui, je dis en souriant, si l'on fait un peu de silence, on risque de voir plein d'autres animaux. Enfin, avec Martha, en tout cas, c'est ce qui s'est passé...

Soudain, Sunny s'élance vers l'arbre, aboyant frénétiquement tout en scrutant les hauteurs.

— Non, Sunny ! crie George. Tu vas lui faire peur !

L'écureuil, effrayé, disparaît plus haut dans les feuilles.

— Oh, Sunny, gronde George, non, vraiment tu exagères ! J'étais en train de composer pour lui.

Il s'agenouille devant Sunny et le serre dans ses bras en le couvrant de baisers.

— Ce n'est pas grave, il fait, je t'aime quand même !

Puis il se redresse d'un coup et adresse à l'arbre son petit poème qu'il répète, comme il se doit, deux fois :

— Sous les hauts sapins, Sunny aboie, l'écureuil grimpe au ciel serein.

— Je te félicite, George ! je lance, et j'applaudis franchement pour marquer mon admiration.

— Merci, Abel, il fait fièrement, mais celui-ci, il était facile.

Je montre le sentier et au-delà.

— Après ce sentier, nous atteindrons une petite colline. Tu es partant pour une mini-ascension ou tu préfères qu'on fasse une pause ?

Sans hésitation, il déclare :

— Non, allons-y !

Son regard bleu arrête le mien et il demande avec une impatience palpable :

— C'est là ?

— Là quoi ? je fais, perdu.

— Est-ce que c'est là que chantent les loups ?

Sacré George ! Quand il a une idée en tête... Et je réplique aussitôt :

— En réalité, il existe de nombreux endroits où les loups aiment chanter. Peut-être aurons-nous la chance de les entendre, à défaut de les voir.

George reste silencieux. Puis il se retourne vers moi et lance avec conviction :

— Pas de problème ! Allons-y, on les verra, on les entendra. J'en suis sûr !

Devant pareil enthousiasme, je ne peux m'empêcher de sourire.

À présent, nous longeons une rivière qui ondoie à travers le paysage. Plus loin, je repère enfin le petit pont qui nous mènera sur l'autre rive. Une nouvelle étendue de forêt se dévoile à nous. George marche à mon côté, contemplatif, absorbé par la nature qui l'entoure. Par moments, il s'exclame haut et fort :

— C'est beau ! C'est immense ! Immensément beau ! Immense à s'y perdre…

Je vois bien que sa joie le déborde et qu'il a besoin de l'exprimer. Alors, je le laisse faire, même si je continue de penser que, dans pareil endroit, il n'y a rien de mieux que le silence.

Sunny arpente le sentier d'un bout à l'autre, explorant chaque recoin avec une énergie incroyable. Sa truffe fouineuse est constamment en quête de nouvelles fragrances. À chaque pas, ses oreilles se dressent et le moindre bruissement dans les buissons le met en alerte. Bon sang, je suis certain qu'il ferait un excellent pisteur. Faudra que je pense sérieusement à l'emmener chasser.

De temps à autre, je jette un coup d'œil vers George ; il tient son petit carnet à la main, scrutant lui aussi les environs avec beaucoup d'attention. Parfois, il s'immobilise et lorsque l'inspiration semble le frapper, il s'arrête brusquement. Ses yeux scrutent le ciel, comme si l'insaisissable s'y trouvait, puis il revient à nouveau sur son carnet, griffonne quelques mots ou croque rapidement le paysage qui l'entoure et se remet en route.

— On va s'arrêter manger un bout, je propose.

George range en vitesse son petit carnet dans sa poche et s'écrie :

— Oh, oui, excellente idée, j'ai une faim de loup !

Nous arrivons sur un plateau, et j'explique à George que l'endroit me semble idéal pour notre pause déjeuner. Devant nous, d'autres petites collines douces ondulent jusqu'à l'horizon, et en contrebas, on aperçoit la rivière sinueuse que nous avons passée plus tôt. Elle ressemble à un long serpent argenté qui se faufile à travers la vallée.

— On va être bien ici, je lance à George, qui répond joyeusement :

— Même mieux que bien !

Alors, je sors du sac du pain, du fromage et des saucisses fumées, que je dispose soigneusement sur une pièce de cuir.

— On a aussi des fruits, si tu veux, je dis en coupant des tranches de pain.

George dévore. Nous mangeons en silence, le regard perdu au loin. Je pense à George, à ce qu'il va faire ensuite, et je me rappelle son histoire, celle avec son père et toutes les horreurs qu'il a subies. Je le regarde partager des bouts de saucisse avec Sunny. Il a l'air heureux, maintenant. C'est ce qui compte. Et cela me procure une bouffée de joie. Ensuite, la question à laquelle je n'avais plus pensé me revient à l'esprit et je demande, en faisant attention à mon ton pour ne pas le heurter :

— Au fait, George, qu'as-tu décidé pour ton père ? Vous avez pu voir avec Martha ce qu'il était possible de faire sans que cela te cause des ennuis ?

George reste pensif un instant, mâche lentement avant de répondre.

— Hum… Oui, finalement, j'ai décidé de ne rien tenter. Joe finira bien par s'en aller, il est mon aîné de quatre ans, après tout. Je sais qu'il s'enfuira, lui aussi… À moins qu'il ne finisse par tuer le vieux… Quant à ma mère, je n'en ai aucune idée. Elle agira comme bon lui semble ; je vous l'ai dit, elle prenait toujours la défense du vieux. Je ne peux rien pour elle. Personne ne peut plus rien pour elle.

Il prend une profonde inspiration, comme pour chasser la peine ou la colère, puis déclare avec détermination :

— Merci de vous en soucier, mais tout ça est derrière moi maintenant. Il est temps que je passe à autre chose.

Grâce à vous et à Martha, je peux croire en mes rêves. Je ne vous remercierai jamais assez pour tout ce que vous faites pour moi. À présent, je dois regarder devant et avancer… Je vous le dois bien.

— Tu ne me dois rien, George, je réplique. Rien, tu entends ?

Il me dévisage un instant, et ça me chavire le cœur. Je sens un élan contenu, comme s'il voulait se jeter dans mes bras ou dire quelque chose, mais rien ne vient, il n'y a que ses yeux qui parlent. Alors, comme dans une urgence, je lui lance en lui souriant :

— Tu vas faire de belles choses, j'ai foi en toi.

Il n'ose plus croiser mon regard, mais au fond, je sais ce qu'il pense, et là encore, ça m'émeut.

Sunny se poste devant George, qui lui tend un autre bout de saucisse.

— Ah, je fais, tu ne lui donnes pas de bonnes habitudes, il va devenir capricieux !

— Mais quoi, riposte George en se marrant, je ne vais quand même pas le laisser me regarder manger sans rien partager avec lui. Hein, Sunny ? il dit en le serrant dans ses bras, puis, sans cesser de cajoler Sunny, il reprend de sa petite voix : Abel, je vous ai déjà dit que Sunny hurle comme un loup quand vous partez le matin ?

— Ah, je fais, c'est possible.

— Il se met devant la porte et hurle, ça me fait quelque chose, vous savez, parce que j'ai peur qu'il soit triste, à moins que ses hurlements expriment autre chose, par exemple ; vous souhaiter une belle journée ou vous dire combien il se languit de votre retour. En fait, je n'arrive pas bien à faire la différence… Vous devez savoir, vous !

À nouveau, son regard vient chercher le mien et il ajoute :

— Ils signifient quoi, ses hurlements ?

Et il attend, impatient, alors je fais de mon mieux pour trouver une réponse :

— C'est peut-être un peu de ce que tu viens de dire.

— Et les loups, quand ils chantent, c'est pour les mêmes raisons ?

Je prends une grande inspiration.

— Eh bien, les loups hurlent pour marquer leur territoire, c'est leur façon de dire : ici, c'est chez nous, les intrus ne sont pas les bienvenus. Et quand ils hurlent ensemble, ce n'est pas juste un concours de vocalises, c'est pour renforcer leurs liens, comme toute meute soudée le fait. C'est leur manière de communiquer, de se coordonner et de se protéger. De partir à la chasse aussi. C'est ça, la force des loups.

George est complètement subjugué par ce que je viens de lui raconter et il demande, toujours pendu à mes lèvres :

— Et ils ne hurlent que la nuit ?

— Essentiellement, mais les loups peuvent hurler à n'importe quel moment de la journée s'ils en éprouvent le besoin. Cependant, le plus souvent, on les entend chanter à l'aube et au crépuscule.

— Alors, on a des chances de les voir ou de les entendre, aujourd'hui ?

— Oui et non, je lance, un peu gêné, ça dépend d'eux. Puis, pour être honnête avec toi, je préférerais qu'on évite d'en croiser, parce que Sunny est là, et je ne voudrais pas qu'ils s'en prennent à lui, tu comprends ?

— Évidemment, il fait en hochant la tête, je ne voudrais pas qu'il lui arrive malheur, mais j'aimerais tellement entendre leur chant, juste une fois..., il ajoute, songeur.

— Tu sais, il m'est déjà arrivé d'entendre leur chant depuis le chalet. Je te promets de te réveiller si ça se reproduit.

— Oh oui ! Surtout, réveillez-moi ! il lance d'un ton enthousiaste.

— Bien. Et si on se remettait en route, maintenant ? je propose.

— Allez Sunny ! il lance. On y va…

Sur le chemin, Sunny va et vient devant nous. Il disparaît momentanément puis réapparaît peu après que George a crié son nom.

— Il t'obéit drôlement bien ! je fais en me tournant vers George, qui est toujours en retrait, le nez plongé dans son petit carnet.

Sans lever les yeux de ses notes, il répond :

— Oui, mais c'est parce qu'il sait que nous sommes une espèce inquiète. Il s'oblige à revenir uniquement dans le but de nous rassurer et de nous montrer qu'il tient à nous. De toute façon, il finit toujours par réapparaître, que je l'appelle ou pas. Et puis, ce n'est pas la première fois qu'on l'emmène en promenade. Vous n'avez pas remarqué qu'il revient toujours ?

— Oui, c'est vrai ! je rétorque, amusé, en continuant d'avancer. Fais quand même attention où tu mets les pieds, George, il y a des trous et des racines partout, ne va pas te tordre une cheville !

Je marche d'un bon pas, toujours en tête, mais voyant que George est vraiment à la traîne, je ralentis et lui demande :

— Alors, tu viens ?

— Oui, oui, j'arrive ! il lance en accélérant un peu.

Nous cheminons silencieusement à travers la colline verdoyante. Le sol est jonché de cailloux et de touffes d'herbes hautes et épaisses qui se courbent sous nos pas. Par endroits, sous l'ombre des grands arbres, quelques plaques de neige résistent encore, tandis qu'au-delà, dans les prairies, des fleurs éclatent de toutes parts, créant des taches de couleurs vives tout autour de nous : du rouge, du jaune, du violet. Leurs parfums flottent dans l'air.

En continuant sur le plateau, juste avant d'entamer la descente, je m'exclame :

— Regarde, George. Là-bas, derrière cette masse d'arbres, il y a le chalet !

George met sa main en visière.

— Où ça, hein ? Je ne vois rien !

Je souris en lui répondant :

— C'est normal, on ne le voit pas encore, mais en avançant un peu plus, on l'apercevra.

— Hum…, il fait en grimaçant, vous vous moquez de moi !

— Mais non, je fais en me marrant, je te montre juste d'où l'on vient…

Ça fait un moment maintenant que je n'ai pas vu Sunny et George hurle son nom comme un forcené. Je sens comme une angoisse dans sa voix. Je m'immobilise brusquement et lui lance :

— Qu'est-ce qui se passe ? Il ne revient pas ?

George répond aussitôt :

— Non, je ne comprends pas, je ne sais pas où il est ! Il a dû flairer une bête…

Il souffle de biais pour dégager la petite mèche de cheveux qui lui tombe sur les yeux et se remet à appeler le chien en criant. Je regarde autour de moi en quête de la silhouette de Sunny, mais je ne vois rien. Bordel, où est passé ce foutu chien ? Le regard affolé de George ne fait qu'attiser ma peur.

— Il va revenir, je dis en essayant de le rassurer, ne panique pas, il a sûrement repéré quelque chose.

Soudain, une déflagration éclate dans l'air. Et alors, tout se tait, comme si la montagne retenait son souffle.

— Merde, je lâche, abasourdi, on dirait un coup de fusil ! Bon sang, pourtant la chasse n'est pas autorisée dans ce coin. Ça ne peut pas être des chasseurs, c'est quoi, ce bordel ? On ne peut pas rester là ! je hurle à George.

Mais celui-ci implore :

— Non, on ne peut pas partir sans Sunny !

Et il crie encore plus fort pour appeler le chien.

Je sais ce qu'il faut faire dans ce cas-là : il faut faire du bruit pour indiquer aux chasseurs qu'on est là. Et pour que nos voix portent plus loin, je me mets à gueuler :

— Sunny, Sunny…

Soudain, un étrange sentiment m'envahit, une sorte d'angoisse. J'essaie de repérer d'où venait la déflagration et me mets à courir dans cette direction. George me suit.

On s'écarte du sentier et on escalade à travers les bosquets touffus jusqu'à atteindre une petite butte. Il me semble distinguer comme une silhouette, enfin je crois, ou à moins que ce soit un arbuste, ou ce qu'il en reste. Je cours plus vite, et là, au sommet, je distingue nettement un homme. Un vieux, au visage buriné. Il a une barbe blanche et est coiffé d'un stetson. Il se tient planté là, son fusil encore fumant dans les mains. J'avance lentement vers lui, en faisant des gestes larges avec les bras.

— Bonjour, je crie, pas de panique ! On cherche notre chien, c'est tout.

Je continue de m'approcher de lui, tandis que George, derrière moi, appelle toujours Sunny.

— Vous n'avez pas vu un chien gris ? je demande, inquiet, tout en scrutant les alentours.

Mais le vieux reste de marbre. Il ne bouge pas et je trouve ça plutôt étrange, cette attitude immobile. Il a toujours son arme en main. J'ai un mauvais pressentiment.

— Hey ! je lance. Vous pouvez poser votre fusil, je vous dis ! Je ne suis pas armé !

Le vieux est comme figé. Muet. *Merde,* je pense, *c'est quoi ce plan ?* J'avance encore et alors que j'arrive à sa hauteur, j'aperçois Sunny. Il est étendu sans vie à la droite du vieux, une énorme tache de sang macule son poitrail.

— Oh merde, non ! je hurle. Mais putain, qu'est-ce que vous avez fait ?

Et George arrive en courant derrière moi et s'effondre à genoux devant le chien. Sa voix se brise en sanglots. Il crie et pleure en même temps :

— Sunny, Sunny, non... c'est pas possible !

Le type me toise, puis ses yeux glissent vers Sunny, et ensuite vers George. Je sens la rage monter du ventre. Je m'approche de George et le tire par le bras.

— Viens, je dis doucement, viens, George.

Mais George pleure encore plus fort et s'agrippe au chien. Je fixe le vieux et à cet instant, je n'ai qu'une envie : lui sauter à la gorge. Il tremble légèrement, secoue la tête en marmonnant :

— J'ai cru que c'était un loup, j'vous jure, j'ai vu un loup me bondir dessus...

— Bordel ! je lance, enragé. Vous avez tué mon chien !

Ma voix est brutale, elle gronde si fort qu'elle fait reculer le type. Je vois la peur grandir dans ses yeux au fur et à mesure que je me rapproche de lui et ma taille l'impressionne.

— Vous avez tué mon chien ! je répète en hurlant et je lève mon poing. Lâchez ce fusil, bordel ! je crie, puis, d'un geste vif, j'attrape le bout du canon.

Le vieux est pétrifié et laisse tomber son fusil à terre. Il tremble de plus en plus.

— J'ai cru… j'ai vu un loup, je vous dis, pas un chien ! il répète en bégayant. Désolé, p'tit gars, il ajoute en regardant George.

George pose sa tête sur le flanc de Sunny. Son corps est secoué par des sanglots incontrôlables. Ma gorge se noue.

— Allez, viens, George, je supplie, viens maintenant, il faut partir. Je vais porter Sunny.

Le type s'approche de George et dit :

— Allez, p'tit gars, lâche-le, écoute ton père.

La rage monte, monte. Je sens que je peux exploser à tout moment, et je me dis, avant que la fureur ne me fasse perdre la tête : *Tu vas quand même pas tabasser un vieux, bon sang…*

J'aide George à se relever. Ses yeux n'ont plus la couleur d'un ciel d'été. Ils sont gonflés et rouges de larmes.

— Viens, je fais, en le tirant par le bras. On doit ramener Sunny.

Le chasseur s'avance près de George et dit :

— Laissez, je vais m'en charger, je vais le prendre !

— Quoi ? je fais, mais vous avez perdu la tête ou quoi ?! Vous n'y touchez pas, vous entendez ?

Et je le repousse d'un geste brusque.

— Vous en avez déjà assez fait ! je lui hurle.

Le type manque de basculer en arrière et se rattrape en disant :

— Hé ! Déconne pas ! C'est un accident je te dis ! Et merde ! C'est de votre faute aussi ! Fallait le tenir en laisse, votre putain de clébard !

— Quoi ? je fais en me redressant. Quoi ? je répète, les poings serrés et la mâchoire crispée.

Son regard est vicieux, ça sent le coup tordu, et rapidement il se baisse pour attraper son fusil. Alors, en une enjambée, j'arrive sur lui, le prends par le col et le soulève du sol avant qu'il ait le temps de réagir. Sa tête est tout près de la mienne et je lui beugle en pleine gueule :

— N'y pense même pas, t'entends ?

Et je bloque son fusil en l'écrasant sous mon pied.

— N'y pense pas, je répète, et maintenant tu te casses vite fait ! Compris ?

De rage, je le repousse violemment. Cette fois, le vieux trébuche, se retrouve par terre, puis se relève et, tout en prenant la fuite, crie :

— Connard !

Je soulève Sunny. Son corps inerte est encore chaud. Je n'arrive pas à penser. Je ne réalise pas ce qu'il vient de se passer. George marche tout près de moi, tenant une des pattes avant de Sunny, comme on tient la main d'un enfant. Il pleure en silence. Le chagrin lui tord le visage. Des flots de larmes inondent sa petite figure. Je crois que je pleure aussi.

— C'était un accident, j'articule péniblement, ce n'est pas ta faute, George, c'est de la mienne. J'aurais dû être plus vigilant, plus attentif.

Je serre les mâchoires. La rage et la tristesse me donnent envie de vomir.

On progresse doucement dans cette montagne et tout semble irréel. La pente devient plus raide, le corps de Sunny plus lourd. À mesure que l'on descend, tout autour de nous se fait silence. Il y a juste le crissement des pierres qui roulent sous nos pieds et les sanglots de George. Je ressens sa douleur, sa peine, et ça me déchire de l'intérieur.

Enfin, on arrive au chalet. Je dépose doucement Sunny sur le sol. George se couche à côté de lui. Il lui murmure quelque chose à l'oreille tout en caressant son pelage. Je ne dis rien. J'attends que les idées se remettent en place dans ma tête. C'est à cause du choc. Et maintenant, c'est la sidération, l'incrédulité de ce qu'il s'est passé qui occupent tout l'espace.

Je pose une main tremblante sur son dos. J'ai envie de lui dire quelque chose pour le consoler, mais je n'y arrive pas. Rien ne me vient. Sous ma main, je ressens les soubresauts de son corps secoué par les sanglots. Alors je dis :

— Viens, George, viens, je répète doucement, ma voix s'étrangle, viens, on va l'enterrer, on ne peut pas le laisser là.

« Il y a toujours une ombre au tableau, disait mon père. On ne le sait pas, on ne se méfie pas, et puis... » S'il savait combien je le hais d'avoir dit ça un jour. S'il savait. Cette phrase, en la répétant, c'est comme s'il l'avait tatouée sur ma peau. Comme s'il m'avait jeté un sort. Une malédiction.

LA NUIT ARRIVE DOUCEMENT SUR MA MONTAGNE. J'allume une cigarette et m'installe dans le fauteuil à bascule sous l'auvent, et je lève les yeux. Là-haut, des teintes vives d'orange et de pourpre s'étalent à l'ouest alors que le soleil décline derrière l'horizon. De l'autre côté, à l'est, c'est un bleu profond qui avance, celui de la nuit. Quelques étoiles percent déjà le ciel. Bientôt, les ombres s'allongeront et ma montagne ne sera qu'une silhouette noire adossée au ciel étoilé. C'est incroyable, je songe, peu importe ce qu'il se passe ici-bas, la nuit persiste, immuable, indifférente. Elle vient.

Je me souviens de ce soir avec George, où on guettait le ciel dans l'espoir d'apercevoir une ou plusieurs étoiles filantes. Il avait une liste de vœux longue comme le bras. Puis il en a repéré une. Il a poussé un petit cri de joie avant de se taire, et il a fermé ses grands yeux pour se concentrer sur son souhait. J'ai souri. Je me suis demandé à quoi il pouvait bien penser. Ce qui était sûr, c'est qu'il allait mieux, et ça, c'était le plus important.

Les jours et les nuits qui ont suivi la mort de Sunny ont été éprouvants. George faisait cauchemar sur cauchemar. J'ai finalement installé un lit d'appoint dans le salon pour pouvoir le rejoindre plus rapidement quand il se mettait à hurler. Parfois, au beau milieu d'une conversation, il lui arrivait d'éclater en sanglots. Il refusait de rester seul au chalet, persuadé que le vieux qui avait tué Sunny reviendrait pour nous faire du mal. Alors, il m'accompagnait dans mes journées de travail. La plupart du temps, il attendait assis sur une souche à lire ou à me regarder couper les arbres, d'autres fois, il restait avec Paul au bureau, ou partait avec lui faire un tour à la scierie. Il a fallu plus d'une semaine pour qu'il se calme, pour qu'il se remette du drame. Qu'il recommence à dormir sans frayeurs nocturnes. Qu'il se remette à sourire.

Quand Martha est revenue de la grande ville, tout est rentré dans l'ordre. Nous avons retrouvé une sorte d'équilibre. Bien sûr, Sunny nous manquait, et il me manque encore aujourd'hui, mais la douleur est supportable. Chaque matin, George allait déclamer un nouvel haïku sur la petite tombe du chien. Ce qui avait changé, c'est que lorsqu'il en revenait, il n'avait plus les yeux noyés de larmes. Il a voulu mettre des fleurs sur la tombe, alors on est partis tous les trois en ville pour en acheter, puis au retour, nous les avons plantées. George avait choisi des petites fleurs jaunes comme des soleils. Jaunes, comme les yeux de Sunny.

George a ce don remarquable de rendre chaque moment unique et mémorable. Il a cette extraordinaire capacité à s'émerveiller de tout, à ajouter de la couleur quand elle manque, et à privilégier la joie à toute autre chose. Il m'a bluffé plus d'une fois. Et en entrant dans ma vie, c'est ce qu'il a fait, il a mis de la lumière là où il faisait ténèbres.

C'est sans doute pour toutes ces raisons qu'est arrivé ce que je craignais le plus. Inutile de nier. Ce gamin, j'y tiens, je veux dire, je l'aime. Plus les jours passaient, plus je m'attachais à lui et plus je redoutais le moment où il m'annoncerait son départ. Parce que sa vie n'était pas ici, je le savais, et lui aussi.

Puis, un soir, alors que nous dînions tous les trois, George nous a annoncé qu'il avait décidé de retourner en ville pour travailler en vue de préparer son voyage au Japon. Son regard brillait d'une intensité particulière, et je n'ai pas su discerner s'il s'agissait d'excitation ou de peur. Je me souviens avoir dit un truc idiot comme « Bien sûr, George, je comprends », même si une part de moi souhaitait qu'il reste encore un peu. Je n'allais quand même pas lui proposer de travailler avec nous comme bûcheron, il n'était pas vraiment taillé pour ce job. Puis faut dire aussi qu'ici, il ne se passait pas grand-chose d'intéressant pour lui. Maintenant qu'il était complètement guéri, il était temps qu'il s'en aille vivre sa vie. C'est tout.

Je lui ai assuré que lorsque viendrait le moment, quand il serait prêt, je le conduirais en ville. Et s'il ressentait le besoin de revenir au chalet, ne serait-ce que pour un week-end, qu'il n'hésite pas, ma porte lui serait toujours ouverte. N'empêche que je ne me faisais pas à l'idée de son départ.

Martha nous avait écoutés jusqu'ici sans rien dire. Je pense qu'elle aussi avait de la peine. Puis elle était sortie de son silence en demandant à George s'il avait un point de chute à Kyoto, s'il savait comment s'organiser une fois arrivé là-bas. George a répondu qu'il avait l'adresse d'une pension familiale, mais que rien n'était encore organisé, rien n'était encore sûr. De toute façon, avant d'envisager ce voyage, il lui faudrait travailler pour avoir suffisamment d'argent afin de payer le billet d'avion et un hébergement sur place.

Martha a répondu que l'argent n'était pas la question principale. Ce qui la tracassait, c'était le plan concret de George, une fois arrivé là-bas. J'ai réalisé à quel point elle s'était elle aussi attachée à lui, peut-être même plus que moi. George, lui, est resté assez flou, il parlait de haïkus, de rencontres avec des poètes, de dessin... Rien de vraiment concret. Et je sentais l'impatience chez Martha, je sentais l'inquiétude aussi.

Nous nous sommes regardés, puis elle a lâché, sans que nous nous y attendions, qu'elle lui financerait entièrement son voyage et qu'elle souhaitait l'accompagner pour l'aider à s'installer. Je me souviens de l'air ahuri de George. Martha ne lui a pas laissé le temps de répondre quoi que ce soit, ni même de réaliser ce qu'elle venait de lui annoncer. Elle a simplement expliqué que c'était une juste rétribution pour tout le travail qu'il avait fourni en l'aidant à préparer son exposition. Elle était sincère, ça se voyait. Et devant tant d'insistance, George a fini par accepter. Elle avait eu les bons arguments, il faut dire qu'elle connaissait bien Kyoto, elle y avait un réseau d'amis là-bas qui pourrait aider George une fois sur place. Et puis, elle a avoué que ça la rassurerait d'être à ses côtés dans cette étape cruciale. Et, sur ce point, je la rejoignais complètement. Alors, spontanément, George s'est levé de table pour la prendre dans ses bras.

J'étais à la fois heureux et bouleversé. Il avait dit oui.

Et après ? Après, on verra, je me suis dit. J'aurai du temps large comme ma montagne pour inventer l'après George. Maintenant, je dois le laisser s'en aller...

Les jours ont filé à une vitesse folle. Ces jours-là, j'aurais aimé les retenir un peu, qu'ils durent plus longtemps.

Mais le temps n'est pas un élastique que l'on peut étirer à volonté. Alors, j'ai profité de chaque instant avec lui en essayant de lui donner ce que j'avais de meilleur, pour que ce temps ensemble, il ne l'oublie pas.

Je repense à ce qu'il m'a dit à l'aéroport un peu avant qu'ils n'embarquent avec Martha. Il a dit avec sa petite voix et en ouvrant grand ses yeux ciel d'été :

— Dites, vous penserez à moi quand viendront chanter les loups ? À l'aube comme au crépuscule, vous promettez ?

— Oui, George, j'ai dit, je te le promets.

Avant qu'ils s'envolent pour le pays du Soleil levant, il arrivait que Martha et George me fassent la surprise de venir déjeuner avec moi. Ça me sortait un peu de mon quotidien, et j'avoue que j'aurais bien voulu qu'il en soit de même pour tous les autres jours de la semaine. C'est fou comme on s'habitue vite à ces petits moments de bonheur. Un jour, alors que nous déjeunions tous les trois, Franck est venu nous saluer. J'ai ressenti une petite appréhension en le voyant arriver, mais elle s'est rapidement dissipée. Il a discuté un peu avec Martha, et a plaisanté gentiment avec George, puis il nous a laissés parce qu'il ne voulait pas nous déranger plus longtemps. Comme je l'ai déjà dit ; rien ni personne n'est immuable. Et c'est tant mieux.

L'autre jour, en rentrant, ce vide dans la maison, ça m'a fait un coup terrible. Alors, pour éviter que le blues s'installe, je suis parti chasser. Enfin, c'était l'idée de départ. Puis marcher dans ma montagne, ça me fait me sentir libre ; j'aime courir ce territoire, cette immensité.

Au bout d'une heure seulement, j'ai repéré un cerf. Magnifique. Il avait une stature impressionnante. Sous son pelage brun et lustré, je devinais ses muscles, sa puissance. J'ai épaulé mon fusil. J'ai fait une mise au point dans la lunette. Je l'avais, là, en point de mire. Mais au moment de presser la gâchette, quelque chose m'a retenu. Comme un dégoût, une lassitude. Je continuais d'admirer cette beauté à travers mon viseur, quand il s'est immobilisé et a regardé dans ma direction. J'ai senti mon cœur battre à l'unisson avec le sien. C'était comme un moment de grâce. Nous sommes restés comme ça quelques secondes. Lui, il attendait peut-être que je bouge pour s'enfuir. Moi, je n'attendais rien. J'étais juste ébloui par sa présence. Et je n'allais pas tirer. Je n'allais pas le tuer. J'ai regardé le cerf partir, sans regret, sans frustration. Ça m'a fait de la joie dans la peau.

Comme par hasard, je n'étais pas très loin d'où j'avais trouvé George. N'importe qui aurait pu imaginer que je faisais une sorte de pèlerinage à la con, sauf que, si j'étais là, c'est tout simplement parce que c'était un coin dans lequel j'avais l'habitude de venir chasser. Pourtant, lorsque je suis arrivé pile à l'endroit, mon cœur s'est serré. En continuant de marcher, mon pied a heurté quelque chose et l'a fait valser devant moi.

— Merde, j'ai lancé, la chaussure de George !

Voilà, je me suis dit, la boucle est bouclée. Je la garderai pour quand George reviendra me voir, et qui sait, peut-être qu'il rira de tout ça. Et je l'imagine me dire : « Comme la vie est ironique, quand même ! »

Un peu avant le départ de Martha et George, nous avons fêté l'anniversaire de Katy dans un petit restaurant de la ville, pas la grande, la petite, celle où j'avais vécu avant. C'était une jolie soirée. George a touché tout le monde avec les cadeaux qu'il avait préparés pour Katy. Il avait fait un portrait d'elle et de Paul, et il avait même dessiné GG à leurs pieds. Les détails et la profondeur de son dessin traduisaient son talent et montraient à quel point il était sensible et attentif aux autres. Je me souviens combien ça a ému Katy.

Plus tard dans la soirée, en rentrant, j'ai délibérément choisi de passer devant la maison où j'avais vécu avec Nina et Tom. Je n'ai rien dit évidemment, mais je n'ai pas pu m'empêcher de regarder. Les lumières étaient allumées et j'ai aperçu des ombres bouger à l'intérieur. J'ai pensé à ma vie d'avant, derrière ces murs. Aux joies et aux chagrins aussi. À Tom. À Nina. Et je me suis dit, maintenant, la seule chose que nous avons en commun avec Nina, c'est l'attente. Ce qui nous lie, c'est l'absence de notre fils. L'espoir qu'il revienne. Il ne nous reste que ça : attendre. Je suis resté là un moment, perdu dans mes pensées, avant de rejoindre la route qui mène au chalet.

Lorsque nous nous sommes couchés cette nuit-là, Martha s'est blottie contre moi et m'a demandé si, à son retour, j'accepterais que l'on vive ensemble. Elle a proposé de s'installer au chalet parce que, de chez elle, ça me faisait faire plusieurs heures de route pour aller travailler. Elle a dit en se marrant :

— Je viendrai à la condition *sine qua non* que tu veuilles bien te débarrasser de certaines de tes vieilleries pour me faire un peu de place !

Puis elle a ajouté qu'elle pourrait mettre sa maison en location, qu'elle n'aurait aucun mal à trouver preneur. Je lui ai demandé si elle était sûre, si c'était vraiment ce qu'elle voulait. Elle m'a répondu d'un baiser.

Il reste encore trois semaines avant qu'elle ne revienne. Ça me laisse assez de temps pour terminer les quelques travaux qui vont rendre le chalet plus confortable. J'ai bazardé mes vieilleries, comme elle dit. Des trucs sans importance. Je suis content de ça. C'est fou comme c'est libérateur d'éliminer ce qui encombre, de se délester du superflu et de faire peau neuve.

Derrière, dans la remise, je lui ai aménagé une chambre noire. J'y ai aussi installé l'électricité. Je ne lui ai pas dit quand elle m'a appelé l'autre soir pour donner des nouvelles. Je lui montrerai quand elle reviendra. Ça lui fera la surprise.

Voilà, j'en suis là. Partout autour de moi, il y a les bruits de la nuit, celui des oiseaux, des insectes. Je respire l'odeur des sapins et de la terre humide. Et je ressens une sorte de plénitude, un calme. Un très grand calme. Comme après la tempête. Comme si chaque chose avait retrouvé sa place, enfin, presque. Il ne manque que Tom. Mais l'attente ne me fait plus peur. Je ne la crains plus. Je le sais, il reviendra. Je le sens, ça vibre dans l'air, dans ma poitrine jusqu'au bout de mes doigts.

Ça ne peut pas être une histoire qui se termine, c'est une histoire qui continue.

Il fait nuit noire à présent. L'air est plus frais. Si ça se trouve, de l'autre côté du monde, George assiste au lever du soleil, puisqu'ici, il s'est couché.

Je me demande aussi s'il se souvient des matins où nous étions pressés de le voir se lever sur ma montagne. Peut-être même qu'à cet instant, il m'imagine assis là, sous l'auvent, à guetter les étoiles filantes, ou à écouter chanter les loups. Qui sait ?

REMERCIEMENTS

J'exprime ma profonde gratitude à Alice Bercker, mon éditrice, qui a joué un rôle essentiel dans la réalisation de ce projet, par son soutien indéfectible et sa bienveillance constante.

Je remercie sincèrement Danaé Tourrand-Viciana et Karine Bailly de Robien pour leur confiance.

Merci à Christine Cameau pour son expertise et la justesse de ses remarques, toujours empreintes de pertinence.

Merci également à la fabuleuse team des éditions Charleston.

Enfin, merci à l'imaginaire, qui dépasse largement les limites des voyages réels. Parce qu'au-delà des destinations que nous offre le monde, il existe des lieux que l'on ne découvre qu'en tournant les pages.

La communauté Charleston a aimé !

Chez Charleston, nous sommes convaincus que, loin d'être une aventure solitaire, la lecture est une invitation au partage. Nous échangeons constamment avec nos lecteurs et lectrices, et nous sommes fiers de la belle communauté d'amoureux des livres que nous formons tous ensemble. Chaque année, nous choisissons au sein de cette communauté vingt lectrices et lecteurs qui nous accompagnent tout au long de l'année et découvrent nos romans en avant-première. Voici leurs avis !

« Certaines histoires s'emparent de vous et vous marquent à jamais. C'est un roman sur la perte, mais aussi sur l'amour et la résilience. Une ode à la survie émotionnelle, à la force de la nature et de l'amour. »

@folle_delivres

« Dès les premières pages, l'émotion est venue me cueillir, sans jamais me quitter. La plume de l'autrice est saisissante et envoûtante. Une lecture empreinte de poésie et de douces mélodies. Un énorme coup de cœur ! »

@les_lectures_de_manoon

« Un roman puissant et vibrant sur les bienfaits du temps et de la nature face aux traumatismes. »

@lectures.de.sarah

« L'autrice nous emmène, avec sa plume envoûtante, au cœur de la montagne enneigée pour une histoire touchante. »

@lecturedudimanche

« Une magnifique histoire de résilience. J'ai beaucoup aimé la plume de l'autrice et sa sensibilité. Les émotions de ses personnages sont décrites de manière très juste. »

@odessaddictauxlivres

« Une autrice à la plume enchanteresse, qui parvient à nous immerger totalement dans son récit. Un roman plein de bienveillance, d'espoir et de résilience. »

@paauline_books

« Un roman profondément émouvant, porté par une ambiance douce et poétique. Le récit est bercé par la beauté et la puissance de la nature qui semble, en toile de fond, refléter les émotions intérieures d'Abel. »

@teabooksandyou

« Un très joli roman empli d'amour et de bienveillance. »

@mariellepassionlivres

De la même autrice

« Je ne me présente pas, pas tout de suite. Je m'expliquerai plus tard sur cette volonté que j'ai, parfois, de faire valser les usages. Vous ne m'en voudrez pas, j'en suis sûre. »

Dans le petit immeuble parisien du Marais où elle vit depuis des lustres, Hectorine, 103 ans, voit un jour l'appartement du dessus investi par une nouvelle voisine. Pour souhaiter la bienvenue à Sarah, la vieille dame dépose une lettre sur le pas de sa porte. Cette missive sera suivie de beaucoup d'autres, retraçant peu à peu une incroyable traversée du XXe siècle, entre le Cabourg de la *Recherche*, le Berlin du IIIe Reich et le Paris de l'après-guerre.

Mais pourquoi toutes ces lettres ? « Un jour, vous saurez », promet la centenaire à Sarah qui se prend au jeu, intriguée par cette voisine invisible dont les confidences laissent percer l'aiguillon d'un douloureux secret…

Un roman épistolaire insolite, véritable hymne à la vie, à la transmission et à l'amitié entre générations.

Cet ouvrage a été imprimé en utilisant des papiers composés de fibres naturelles, renouvelables, recyclables et fabriquées à partir de bois issus de forêts qui adoptent un système d'aménagement durable. En outre, les fournisseurs de papier s'inscrivent dans une démarche de certification environnementale reconnue.

Achevé d'imprimer sur Roto-Page en décembre 2024
par l'Imprimerie Floch
53100 Mayenne
Dépôt légal : janvier 2025
N° d'impression : 105925
Imprimé en France